JN057925

文芸社

挿画　青木宣人

目 次

幸運コの屁

ある冬の寒い夜、音無凡平は駅前の通りをフラフラと歩いていた。ホッペタと鼻の頭は真っ赤で、ごきげんに歌をうたいながら歩いているが、今にも転びそうだ。

会社の帰りに冷えた体を温めるため、お酒を一杯だけ飲もうと思って入った居酒屋で、一杯では終わらずにイッパイ飲んでしまったのだ。それでベロベロに酔っぱらっている。

時計を見ると午前零時近くになっていた。

「しまった！　こんな遅くに酔っぱらって家に帰ったら、静に怒られる……」

静は凡平の妻である。名前は「静」だが、おしゃべりが好きでとても騒がしい。しかも怒った時はそのパワーが倍増するので、考えただけで顔の色が赤から青に変わっていった。

「なんとかしないと……」

凡平は青い顔で必死に考えた。その時、

「い～しゃ～き～いも～、おいしい、おいしい、お芋だよ～」

「よし、これで助かった！」

顔の色は青から赤に戻り、凡平はフラフラの足取りでその声を追っかけて行った。


音無小平は、夜遅くまで自分の部屋でゲームをしていた。

母親の静からは「宿題は終わったの？　終わったなら早く寝なさい！」と、何度も何度も言われたのだが、その度に「うん」と返事だけして聞き流し、とうとう午前零時になってしまっていた。

もうそろそろ寝ようとした時に、父親の凡平が帰ってきた。

「たらいま～」

「何時だと思っているの！」

「しずかちゃ～ん、お土産の石焼き芋だよ～」

「あら～」

凡平の酔っぱらった声と、静のどなり声が少女のような声に変わったのが聞こえてきた。

「さすがお父ちゃんだ。お母ちゃんが大好物の芋を買ってきて、うまく切り抜けたな」

小平も芋を食べたいと思ったが、まだ起きていることがバレたら、少女のような静の声がまたどなり声に戻りそうなので、さっさと布団をかぶって寝た。

「何時まで寝ているの！」

次の日の朝、静のどなり声に飛び起きた小平は、時計を見てビックリした。学校が始まる二十分前だったのだ。小平の家から学校までどんなに急いでも十五分はかかる。

「なんでもっと早く起こしてくれないの！」

悲鳴を上げながら服を着替え、顔も洗わずにランドセルを背負い玄関まで走った。

「何度も起こしたでしょ！　仕方ないわね。昨日お父さんが買ってきた石焼き芋があるから、これをかじりながら学校へ行きなさい！」

小平は静の声を背に、リレーのバトンのように芋を受け取ると家を飛び出した。

小平が五年B組の教室に着いたのは、朝の会が始まる一分前だった。

「セーフ！」と言いながら小平は自分の席に座った。

「また遅刻ギリギリね」

後ろの席の花野香が冷たく言った。

「へ、へ、へ、ヒーローはいつも最後に登場するのさ！」

小平は得意げに振り返って言い返した。

「フン！　くだらない」

香は冷たく横を向いた。


一時間目の国語の授業が始まると、小平の顔はすぐに青くなった。

「昨日の宿題は最後に集めるわよ」

プップ先生がそう言ったからだ。

小平は宿題の学習プリントがあったことをすっかり忘れていたのだ。

ちなみに、プップ先生とは五年B組の担任で白井鳩先生のことだ。最初は、鳩だから「ポッポ先生」だったのだが、授業中にプッというかわいいオナラをしたことがあって、それからはみんな愛情を込めて「プップ先生」と呼んでいる。

（先生、宿題を集めることを忘れてくれないかなぁ）

小平はそう思ったが、そんな奇跡みたいなことが起こるわけがないよなぁ、とあきらめて、どんな言い訳をするかを授業も聞かずに考えた。

しばらくすると、小平はお腹に痛みを感じ始めた。どうやら、朝、走りながら芋を食べたのがいけなかったようだ。

時間が経つと、だんだん痛みが増してきて、しかもオナラもしたくなってきた。

(そういえば、今朝はトイレに行く時間もなかったから、ウンコをしてなかった……)

この最悪の状況の中で、小平に一つの考えが浮かんだ。

(オナラをすれば、お腹の痛みが少しはなくなるかもしれない)

しかし、オナラの先である、後ろの席には香ちゃんがいるので、すぐには決行できなかった。実は、小平は香ちゃんのことを密かに好きで、嫌われたらイヤだなぁ、と思ったからだ。

だが、だんだん小平の我慢の限界は近付いてきていた。

(そうだ！　音がしないようにオナラをすればいいんだ。においがしても誰がしたかわからないし、どうせにおいはすぐに消える。そうやって自分が犯人じゃないようごまかせばいいんだ)

小平はそう考え、ようやく実行することにした。

おしりの穴に全神経を集中して、音が出ないように静かにそぉ〜っとオナラをした。そして、みごとに音はしなかった。が、しかし、なんとゆるいウンコが一緒に出てしまった。

この最悪のウンの悪さに、目の前が真っ暗になった。

しばらくすると、小平の周りの様子が明らかに変わってきた。変なにおいに気付き始めたのだ。

そこで小平は先手を打つことにした。

「あれ？　なんかくさくないか？　誰かオナラをしただろう！」

その声にクラス中がドッと笑った。

（これでみんな、ぼくが犯人だとは思わないだろう）

小平は嘘をついた心の痛みを少し感じながらもニヤッと笑ってしまった。

「こら！　授業中ですよ。オナラなんて誰でもするんだから静かにしなさい」

プップ先生が以前の自分のオナラを弁護するように、顔を真っ赤にして大きな声で注意した。

その声にクラスは平常に戻った。ただ、小平だけは戻れなかった。

パンツにウンコがついているので、小平からはずっとくさいにおいがするからだ。

その後、プップ先生は顔を赤くしたまま授業を続けて、終わりのチャイムが鳴ると、すぐに教室を出て行った。


「あんたって最低ね。オナラしたのは、あんたでしょ！」

休憩(きゅうけい)時間になると、香が小平に冷たい目をして言った。後ろの席の香には、においを出し続ける小平が犯人であることがバレていたのだった。

小平は急いでトイレに行って、お尻(しり)とパンツについているウンコをなんとか拭(ふ)き取った。

これでくさくなくなったが、教室に戻った小平のことをみんなが「屁こき王子！」と呼んで笑った。小平と香の会話が聞こえていた人がいて、みんなに言いふらしたからだ。

その日、小平は一日中おとなしかった。


家に帰ると、元気のない小平に静が「学校で何かあったの？」と聞いてきた。

小平は仕方なく今日あったことを全部話した。すると静は、

「アハハハハ。やっぱり『犯人』が言い出すんだね。そんな嘘(うそ)をつくなんて、本当にあん

たは最低だね。香ちゃんのことはあきらめな！　絶対に嫌われたよ」

涙を流して大笑いしながら言い放った。

（な、なんて冷たい母親だ……）

小平は汚れているパンツを脱いで、それを洗濯物カゴに放り投げてから、自分の部屋に入った。


小平は部屋に閉じこもったまま、夕食の時間になっても出てこなかった。

「そうとう落ち込んでいるのね。笑い過ぎたかしら？」

静は少し心配になって、中平に相談することにした。中平は同居している凡平の父親、つまり小平のおじいちゃんだ。ずっと一人で田舎で暮らしていたのだが、病気で左の手と足が不自由になってしまったので、凡平が心配して、半年くらい前から一緒に住むようになったのだ。

「なるほど、わしに任せておけ！」

中平は静から話を聞くと、やっぱり涙を流しながら大笑いし、その涙を拭きながら小平の部屋に入った。

「よう、屁こき王子！　大変だったんじゃってな。もう屁をたれるなよ、でもぅ、へこたれるなよ！」

ダジャレが大好きな中平はそう言って、いつものように「ブゥ・へ・へ・へ」と笑った。

「全然面白くない！」

ゲームをしていた小平は振り向きもしないで言った。

「なんだ、落ち込んで飯も食べられないのかと思ったんじゃが、ゲームに夢中になり過ぎて、夕飯のことを忘れていただけじゃったのか」

「へ、へ、へ、あんなのへっちゃら、屁のカッパだよ。ぼくは好きなゲームをやるといやなことはすぐに忘れるんだ」

小平はゲームをやめてそう言うと、ペロッと舌を出した。

「それにやっちまったことは仕方ないし、自分が思うほど、みんなはぼくのことなんて気にしていないよ。あんなことなんてみんなすぐに忘れるから、だいじょうブ〜！　だいじょうブ〜！」

「さすがわしの孫じゃ。お前のその脳天気は表彰ものじゃな。でももう嘘はつくなよ。嘘をつくと結局ひどい目にあうぞ。嘘つきは、クソつきになるからな！」

中平はそう言って「ブゥ・ヘ・ヘ・ヘ」と笑ったあと、急に真面目な顔になった。

「そうじゃ、ちょうどいい機会だから、お前にいい物を見せてやる。ちょっと待っておれ」

中平はそう言って、部屋を出て行った。

しばらくすると、なにやら巻物のようなものを持って戻ってきた。

「そこに座りなさい」

中平は真面目な顔で小平を正座させた。

「これはわしの父親、お前のひいじいちゃんの音無大平が書いた掛け軸じゃ」

そう言って、持っていたものをくるくると広げた。そこには、ミミズが這ったような字が書かれていた。

屁は笑いを作り、笑いは平和を作る
ウンコ屁は幸運コの屁
へ〜わ最高！

屁は笑いを作り笑いは平和を作る
ウンコ屁は幸運コの屁
へ〜わ最高！

「何これ？　ヘタクソな字だね」

小平は、自分の字が下手なのは遺伝だな、と思った。

「そんなことはどうでもいい。何故、お前のひいじいちゃんがこれを書いたのかを話してやるから、よく聞くんじゃぞ」

中平はそう言って、子どもの時に大平から聞いた話を小平に話し始めた。

「これは日本が昔、アメリカと戦争をした時の話じゃ。大平ひいじいは兵隊となって南の島に行ったんじゃ」

「へぇ、日本も戦争をしたことがあったんだ」

「そうなんじゃ。人が殺し合うなんて馬鹿なことをしたもんじゃのう。日本も昔、大馬鹿者だったんじゃ。頭のよい人は戦争を、せんそうじゃからな」

そう言って「ブゥ・へ・へ・へ」と笑ったあと、話を続けた。

「そこである作戦の途中、大平ひいじいは森の中で珍しい蝶を見付けたんじゃ。そしてその蝶を追いかけているうちに仲間とはぐれてしまったそうじゃ」

「大平ひいじいは落ち着きのない人だったんだね。ぼくと同じだ」

「いいから、話を聞け。そして、一人で森の中をさまよっていたら、運悪くアメリカ兵の集団に出くわしたんじゃ」

「それ、やばいじゃん」

「そうじゃ、蝶を追って、超やばい状況になったんじゃ。ブゥ・ヘ・ヘ・ヘ」

「いいから、話を進めてよ」

「それで、大平ひいじいは急いで茂みの中に隠れて、震えながら通り過ぎるのをじっと待っていたんじゃ。しかし何故か一人のアメリカ兵が、銃を持って茂みの中に入ってきたそうじゃ」

「それ、超、超、やばいじゃん」

「そうじゃ、蝶々を追って、超々やばい状況にな……」

「もうわかったから！　で、どうなったの？」

小平は、太平のダジャレをさえぎって、話を続けさせた。

「しかも大平ひいじいは、どうしてもオナラをしたくなってしもうたんじゃと」

「最悪じゃん。あっ、でも音がしないようにオナラをすれば大丈夫だね」

「そうなんじゃ。さすが、ひ孫じゃな。大平ひいじいもそう考えたそうじゃ。じゃが、怖さで体が震えていたせいで微妙な調整ができず、プ～ッという音が出てしまったんじゃ。しかも同時にゆるいウンコも出てパンツを汚してしまったそうじゃ」

「ぼくと同じだ！」

「確かにパンツのかわいそうな状況はお前と同じじゃが、問題は音が出てしまったことじゃ。その音に気が付いたらしいアメリカ兵が、銃を構えて辺りを見回して、とうとう大平ひいじいと目が合ってしまったんじゃ」

「ええっ！　撃たれて死んじゃったの!?」

「馬鹿じゃなぁ。もしそこで死んどったら、わしもお前も、今こうしているわけないじゃろう」

「そりゃそうだね。じゃあ、どうして助かったの？」

「まあ聞け。大平ひいじいも殺されると思ったそうじゃ。じゃが、最後の勇気を振り絞って、撃たないでくれという祈りを込めて、じっと相手を見つめて震えながら持っていた銃を構えたそうじゃ」

「大平ひいじいも頑張ったんだね」

「すると何故かそのアメリカ兵は急に泣き出したそうじゃ」

「えぇっ？　やっぱりその兵士も怖かったのかなぁ」

「なんで泣き出したかはわからなかったが、しばらくそのままの状態が続いたそうじゃ。それが突然、ブリッ！　という音がしたんじゃと」

「へっ？　……まさか」

「そう、アメリカ兵がオナラをしたそうじゃ」

「なにそれ。オナラ合戦じゃん」

「そうじゃな。二人とも兵士じゃから屁したんじゃな。ブゥ・へ・へ・へ」

「そういうのいいから。それでどうなったの？」

「大平ひいじいは思わず笑ってしまったそうじゃ。するとそのアメリカ兵も笑ったんじゃと。二人はしばらくお互いに声を出さず笑い合ったそうじゃ。そして、大平ひいじいは自分を撃たないでくれたそのアメリカ兵に感謝し、友達になりたいと思ったそうじゃ。屁をし合ったくさい仲じゃからな。ブゥ・へ・へ・へ」

「本当にそういうのいいから。早く話を進めてよ」

「そこに、仲間のアメリカ兵がやって来て、『何かあったか？』と尋ねたそうじゃ」

「今度こそ、本当にやばいじゃん。で、どうして大平ひいじいは助かったの？」

「そのアメリカ兵が『いや、何もなかった。ただ俺(おれ)が屁をしたからとてもくさいけどな！』と言って、笑いながら、その場を立ち去ったそうじゃ。それで助かったんじゃ」

「そのアメリカ兵のおかげだね」

「そうじゃな。大平ひいじいは『その優(やさ)しいアメリカ兵の笑顔が今でも忘れられない。ぜひアメリカに行ってお礼が言いたい』と言っておったわ」

「あれっ？　でも、大平ひいじいは英語が話せたの？」

「いいや。全く話せないぞ」

「えぇっ!?　じゃあなんで、アメリカ兵の会話がわかったの？」

「もちろん想像じゃ。でも、その場の雰囲気(ふんいき)でなんとなくわかったそうじゃ」

「な～んだ。いいかげんだなぁ。やっぱり大平ひいじいはぼくのひいじいちゃんだね」

「そうじゃな。わが音無家は、みんないいかげんなんじゃ」

「それ、自慢(じまん)にならないよ」

「いいじゃないか。いいかげんは良(い)い加減(かげん)なんじゃから。ブゥ・へ・へ・へ」

「それじゃあ、助かった本当の理由はわからないんだね」

「そうじゃな。大平ひいじいも『あのアメリカ兵が、なんで泣いていて、なんで助けてくれたのか、それを知りたい』とも言っておった。そうじゃ、お前が英語を勉強して、アメリカに行って本当の理由を調べれば、大平ひいじいも喜ぶと思うぞ」

「そうだね。でもぼくは勉強が苦手だし、だいいちそのアメリカ兵は大平ひいじいと同じで、もうとっくに死んじゃっているだろうから、聞くのは無理でしょ。それより、この掛け軸を書いた理由は？」

「そうじゃったな。で、大平ひいじいはこの恐ろしい戦争の体験で思ったんじゃ。『あの屁のおかげで命がある。屁は世界共通の笑いのもとで、笑いがあれば平和になる』と」

「あぁ、だから、『屁は笑いを作り、笑いは平和を作る』なんだね。でも、二行目の『ウンコ屁は幸運コの屁』は何なの？」

「大平ひいじいは『ウンコと屁が一緒に出るとウンが付いて幸運になる』と思ったんだぞうじゃ。というのは、その時、命が助かっただけでなく、戦争から帰った後もウンコと屁が一緒に出た時は、いつも必ずよいことが起こったのだと言っていた。大平ひいじいが結婚できたのも、その屁がきっかけじゃったらしいぞ」

「へぇ、そうだったんだ。で、最後の『へ～わ最高！』は？」

「戦争に行ってとても怖い思いをした大平ひいじいは、平和の有難さを身にしみて感じ、屁の神秘的な力にも魅力を感じたんじゃ。『平和最高』で『屁は最高』だから、『へ～わ最高』と書いたんじゃ」

　中平は大平の話を終えると、「そういえば、お前も今日『幸運コの屁』だったんだから、何かいいことがなかったか?」と聞いた。

「あるわけないじゃないか！　香ちゃんに『最低！』と言われたし、みんなには『屁こき王子』と笑われたし、いいことなんて何も……」

　と小平は言いかけて「あっ！」と叫んで、

「プップ先生が宿題を集めるのを忘れてる！　本当に『幸運コ屁』で奇跡が起きていた！」

　と目を輝かせ喜んで、中平に「こんなすごい掛け軸なのになんで飾ってないの?」と尋ねた。

「な、この掛け軸、カッケーだろ！」と言って、「ブゥ・へ・へ・へ」と笑ったあと、

「田舎のわしの家では床の間に飾っておったんじゃが、この家には床の間もないし、こん

なヘタクソな字では、インテリアにもならないからしまっておったんじゃ」と答えた。小平はそれもそうだな、と思ったが、「それじゃ、ぼくの部屋に飾っていい?」と聞いてみた。

「もちろんじゃ。大平ひいじいも、ヒィヒィ言って喜ぶじゃろう。ブゥ・ヘ・ヘ・ヘ」

中平がうれしそうに笑った。

そのヘタクソなダジャレを仕方なく笑ってあげてから、小平は掛け軸を机の前に飾った。

そして、昨日の宿題の学習プリントをやりながら「世界中を屁で平和にする!」と誓(ちか)った。

2 へ〜わブ〜！

「幸運コの屁」をこいた次の日の朝、小平は早く起きた。そして、食事もウンコもゆっくりして学校に行った。

「おはよう、屁こき王子！」

クラスのみんなが次々に小平に言った。どうやら小平のあだ名は「屁こき王子」に決まったらしい。

「あだ名になっちゃったら、昨日のことは、みんな一生忘れないだろうなぁ」

小平は絶望的な気持ちになった。しかしすぐに、でも「王子」ってちょっとカッコイイからまぁいいや！　と脳天気に思った。

「今日はオナラをしないでよ！」

小平が自分の席に行くと、後ろの香が冷たく言ってきた。

「へ、へ、へ、ぼくの屁は、屁は屁でも『幸運の屁』なんだぜ！」

小平は得意げに振(ふ)り返って言った。

「フン！　何、訳(わけ)のわからないことを言っているのよ」

香はそう言って横を向いた。

「先週から雲地(うんち)君が学校を休んでいるわよね」

朝の会でプップ先生がクラスの雲地太(ふとし)の話を始めた。

「先生は昨日、雲地君の家に行って話を聞いてきました。太君本人には会えなかったんだけど、お母さんの話によると、休んでいる理由は、どうも学校で名前のことをからかわれたかららしいの」

プップ先生は、そう言ったあと、クラス全員の顔をゆっくり見た。

「先生は、誰(だれ)がそんなことを言ったのかは聞きません。言っても言わなくても、それを許すクラスの雰囲気(ふんいき)が許せないんです。相手の人が悲しい思いをするようなことを言ったりやったりするのは最低です。そして、それを止めることもしないでただ見ている人も同じです」

またクラス全員の顔をゆっくり見た。

「先生は、この五年B組を、困っている人がいたらみんなで助けてあげて、みんなが笑顔でいられるクラスにしたいんです。だから、雲地君に笑顔で教室に戻ってきてほしいと思っています。誰かそのお手伝いをしてくれる人はいませんか？」

ププ先生は、誰かが手をあげてくれるのをじっと待った。

長い沈黙が続いて静まり返った教室で、小平がゆっくり手をあげた。

「先生、ぼく、昨日屁をこいて、みんなに笑われて『屁こき王子』と呼ばれたでしょ。とても恥ずかしくて悲しかったんだ。だから太君の気持ちが少しだけどわかる気がするんだ。ぼくにそのお手伝いをさせてください」

すると今度は、平尾学が手をあげた。

「先生、ぼくも太君を笑顔にしたい。ぼくが車いすで困っている時、いつも太君が助けてくれたんだ。だから今度はぼくが助けてあげたい」

学は、小さい頃に病気になって、車いすで学校に来ている生徒だ。

「どうもありがとう。それじゃあ、二人にお願いすることにするわ。小森さんも心配していたから、きっと力になってくれるわよ。何か困ったら相談してみてね」

　ププ先生がそう言って、朝の会が終わった。

　昼休み、小平と学はさっそく話し合った。

「太君が笑顔で教室に戻ってこられるようにするって、何から始めればいいのかな？」

「まずは、太君を元気にする方法を考えなければならないと思うんだけど……」

　そう学が答えたあと、二人はしばらく沈黙した。

「だめだ……何も浮かばない……」

　小平は早くもあきらめた。

「はやっ！　もう少し考えてよ」

　また沈黙が続いた。

「だめだ……やっぱり、ププ先生が言っていた小森さんに相談しよう」

　今度は学があきらめた。

「なんだ、やっぱりだめなんじゃないか。あきらめは早い方がいいよ、時間の無駄だからね。で、その小森さんって誰なの？」

「知らないの？　相談室にいるスクールソーシャルワーカーの小森さんだよ」

「スクールソーシャルワーカー？」

「スクールソーシャルワーカーは子どもの味方なんだよ。どんな時でも、子どもの味方になって相談にのってくれるんだ。ぼくも四年生の時、助けてもらったことがあるんだよ」

学はうれしそうに、その時の話を始めた。


「ぼくのママはいつも勉強しろ、勉強しろ！　とガミガミうるさかったんだ」

「あぁ、教育ママゴンってやつだね。うちと同じだ」

「ぼくはそれがいやで、家に帰りたくなくなっちゃったんだ。それで、相談室に行って、そのことを小森さんに相談してみたんだよ」

「へぇ～、それで何と言われたの？」

「そしたら、小森さんがすぐにぼくの家に来てくれて、ママに『勉強は楽しくやらないと身につかない。怒(おこ)って無理やりやらせるのは逆効果だ。それに自分の家でゆったり過ごせないのは、子どもの成長に最悪の環境(かんきょう)だ』としかってくれたんだ。それからはガミガミがなくなったんだよ」

「へぇ～、小森さんってすげぇじゃん。うちのママゴンもしかってもらいたいな。相談室にすぐ行こうよ！」

「すぐって……昼休みはもう少しで終わっちゃうよ」

放課後、二人は相談室に行った。

部屋に入ると、小森はゲームをしていた。

「やぁ、平尾君、久しぶりだね。最近、遊びに来てくれないから寂しかったよ。今日は友達を連れてきてくれたのかい？」

ゲームをやりながら、小森は二人の顔をチラッと見て言った。

「こんにちは。学君と同じクラスの音無小平です。あのう、学校でゲームなんてやっていいんですか？」

「いいの、いいの。相談者が来ない時は暇だからね。それに、今の子どもがどんなもので遊んでいるかを知ることも大切なんだよ。子どものことをよく知らないと、よき相談相手にはなれないからね。だから仕方なくゲームをやっているんだよ。この仕事もけっこう大変なんだ。君達もやるかい？　ストレス解消にはゲームが一番だよ。子どもだってストレスがたまっているんだろ？」

「へぇ〜、相談室で遊べるなんて知らなかった！　もっと早く相談室に来ればよかったなぁ」

「マンガもたくさんあるから読んでいいよ。それにしても、最近のゲームは本当に面白くてはまっちゃうね！」

「なんだ、やっぱり遊んでいただけじゃないですか！」

「えへへ。それで、今日は二人してどうしたの？　何か悩み事かい？」

「そうです。うちのママゴンも勉強しろ、勉強しろ！　とガミガミうるさいので、しかってください」

「それはできないな」

「えっ？　小森さんは子どもの味方じゃないんですか？」

「もちろん子どもの味方だよ。だから、その子の一番よい環境を作るお手伝いをしているんだよ」

「学君の時はしかってくれたんですよね。じゃなんで、ぼくはだめなんですか？」

「音無君にはそれくらいの母親の方がよさそうだからさ。君のことはよく知っているよ。家でゲームばかりやって、よく宿題を忘れるそうじゃないか。君にはガミガミ言ってくれ

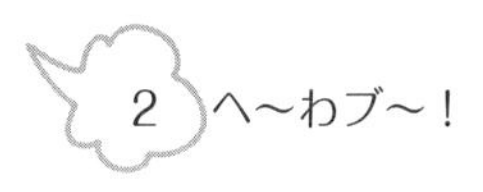

る人の存在が必要だと思うんだよ」

「えぇっ!?　なんでぼくのことを知っているんですか？」

「君達のことをよく知らないと味方になれないからね。だからここの児童のことは、担任の先生や周りの人から情報収集をしているんだよ」

「へぇ〜、すごいですねぇ。全員知っているんですか？」

「そんなの無理に決まってるじゃない。ここの児童が何人いると思っているの。自慢じゃないけど私は頭が悪いんだよ」

「それ、自慢にならないと思うけど」

「だから、ここに相談しに来た子やその友達なんかの話を聞いて、だんだんみんなのことを知っていくんだ。音無君のことはよく聞くよ。『屁こき王子』なんでしょ」

「えぇっ、もう知っているの？　ぼくは有名人なんだね！　やった〜」

「そんなことで有名になるのはぼくだったらいやだけどなぁ。それより、小平君、ぼく達はもっと大事なことで相談に来たんでしょ」

学があきれて、口をはさんだ。

「そうだった、そうだった。小森さん、ぼく達を助けてください」

「えっ、どうしたの？」

「ぼく達は、学校を休んでいる同じクラスの太君が笑顔で教室に戻ってこられるようにする方法を考えているんです。だけど、どうすればいいか全くわからないんです。担任のプップ先生が、『困った時は小森さんに相談するといい』と言っていたので来ました」

「プップ先生って……白井先生のことだよね。そうかそうか、白井先生がそう言ったのか。『小森さんは頼りになる人』だって言っていたのか。……ひょっとすると白井先生は私のことを好きなのかな」

小森は少し顔を赤くしてニヤニヤした。

「いえ、『頼りになる人』とは言っていませんし、それはないと思います」

小平はキッパリと否定した。

「そんなことより、どうしたら太君が学校に来られるようになるかを教えてください」

小森は急に真面目な顔になった。

「私も、雲地君のことは心配しているんだ。でも、彼が学校に来たくないなら、無理に来させなくてもよいと思っているんだ。不登校の子を、ぼくは本当にすごいなぁと思うんだよ。勇気がいるし、覚悟を持っていないとできないことだからね。よほどの理由があると思うんだよ。だから、雲地君がどうして学校に来なくなったのかを、詳しく知ることから始めなければならないと思うんだ」

「なるほどねぇ」

小平と学はうなずいた。

「実は私も話を聞くために雲地君の家に行ったんだけど、本人には会えなかったんだ。だから雲地君のお母さんに話を聞いたんだよ」

そう言って、小森は母親から聞いた話をしてくれた。

「雲地君は学校から元気なく帰ってきて、『太いウンチ……』とつぶやいて自分の部屋に閉じこもってしまい、次の日から学校に行かなくなったそうなんだ」

「やっぱり名前のことで、誰かにいじめられたのかなぁ」

小平が心配そうに言った。

「うん。お母さんも『うんちふとし』という名前をつけたのを後悔していたよ。どうも、お母さんはこの名前を反対したのに、三年前に亡くなった雲地君のお父さんがつけてしまったようなんだ。お母さんは少し泣いていたよ」

小森は話を続けた。

「学校に来なくなったのは、名前に原因があるのは確かみたいだけど、やはり私は雲地君本人からもっと詳しく話を聞かなくては、どう対応すればよいのかわからないと思うんだよ」

「じゃあもう一度、家に行って、本人から話を聞けばいいじゃないですか」

小平は小森を見て言った。

「うん、そうなんだけど、どうしても私には会ってくれそうもないんだよ。白井先生にも会ってくれなかったみたいだしね……」

「でもどうして、会ってくれないんだろう？」

学が首を傾げた。

「大人を信用していないからだよ」

小平はキッパリと言った。

「なるほどねぇ……。そうだ！　君達が行けば会ってくれるんじゃないかな。仲のいい友達なら大丈夫かもしれないよね。ぜひ、行ってみてよ」

小森は二人の顔を見た。

「ぼくは車いすだから段差がある所には行けないんだ」

学は少し悲しそうな顔をした。

「大丈夫だよ、ぼくが介助(かいじょ)するから。もし必要ならおんぶだってするよ。太君から詳しく話を聞くのは、ぼく一人じゃ無理だと思うんだよ。頼むから学君も一緒に行ってよ」

「わかった。じゃあ、ぼくも行くよ」

学は笑顔で答えた。

二人はすぐに太の家へ行くことにした。


相談室を出ると、小平は学の乗る車いすを押(お)して、太の家に向かった。

小森に描(か)いてもらった地図を手に、何度も迷いながらようやく太の家に着いた。玄関(げんかん)の前には少し段差があったが、それをなんとか乗り越(こ)えて、チャイムを押した。

「あのう、太君のクラスメイトの音無と言います。平尾君と二人で来たんですが、太君はいますか？」

「あ、はい。少し、お待ちください」

太の母親の困ったような声の返事があった。しばらくして、

「ごめんなさい。太は誰とも会いたくないそうです。本当にごめんなさいね」

悲しそうな声だった。

「そうですか。わかりました」

そう答えて、小平は学の顔を見た。

「ぼく達でもだめだったね……どうしようか」

二人は困って沈黙した。すると、学が小平になにやら耳打ちした。小平はニヤッと笑って、再びチャイムを押した。

「あのう、さっきの音無ですが、一緒に来ている平尾君がウンコをもらしそうなんです。トイレを貸してもらえませんか？　それと、平尾君は車いすなので、できれば介助してもらいたいんですが、太君に頼んでくれませんか？」

「ええっ!?　少々お待ちください」

太の母親のあわてる声がした。

しばらくすると、玄関から太が飛び出てきた。

「何やってんだよ！　学君、早くぼくの背中(せなか)に乗って！」

そう言うと、太は学をおんぶして、急いで家のトイレに連れて行った。そのどさくさにまぎれて、小平も一緒に家の中に入ることができた。そして、太が学の介助をしているすきに、勝手に太の部屋に入ることにも成功した。

学を無事にトイレに運ぶことができた太は、学のトイレが終わるまで自分の部屋に戻ろうとドアを開けると、そこには小平がいたのでビックリした。

「えっ!?　小平君、なに勝手に上がり込んでいるんだよ！」

「やぁ、久しぶりだね。元気そうじゃない。学君のウンコが終わるまで、太君の部屋で待たせてもらうことにしたんだよ。まぁまぁ、ここに座ってよ」

「ぼくの部屋なんだけど」

「まぁ、そうかたいことは言わず、いいじゃない。学君のウンコはながそうだから、ゆっくり話そうよ」

「ゆっくり話すって……ぼくは何も話すことはないよ」

「そんなことないでしょ。『みんなはどうしてる？』とか、『最近の学校はどう？』とか、いろいろ気になっていることあるんじゃないの？」

「全く気にならないんだけど」

「じゃあ、『香ちゃんはどうしてるかなぁ』とかも気にならないの？」

「ぼくはそんなこと気にならないよ。香ちゃんのことを好きな君じゃないんだから！」

「へっ？　どうして知っているの？」

「そんなのバレバレだよ。そんなことより何しに来たの？　ぼくを学校に行かせようとしても無駄だよ！　誰が来て何を言われても、もう学校には行かないと決めたんだから！」

「そうそう、それそれ。なんで学校に来なくなったの？　やっぱり、学校でいじめられたからなんでしょ？」

「えっ、何のこと？」

「太君は名前のことでいじめられたから、学校に来なくなったんじゃないの？」

「えっ？　ぼくは誰からもいじめられてなんかいないよ。そもそもぼくは自分の名前が大好きだし、誇り（ほこ）に思っているよ」

「えっ……ちょっと待って。何か話がわからなくなってきちゃったなぁ。そうだ！　もうそろそろ学君のウンコが終わったと思うから、力持ちの太君がここに連れてきてくれない？」

混乱（こんらん）した小平は、学に助けてもらうことにした。

「なんだよ。ちょっと待っていて」

太はしぶしぶそう言いながらもトイレに行き、学をおんぶして部屋に戻ってきた。

「学君、太君は誰からもいじめられてないんだって」

小平は学に今まで太と話したことを伝えた。

「香ちゃんはどうしてるかなぁ、とかも気にならないんだって」

「そんなの香ちゃんを好きな小平君だけだろ！」

「学君までどうして知っているの？」

「そんなのバレバレだよ。そんなことより話を整理しよう」

学は一つ一つ太に確認（かくにん）することにした。

「太君は学校でいじめられてはいないんだね」

「うん、誰からもいじめられていないよ」

「そう。で、太君は自分の名前、大好きなんだよね」

「そうだよ。なかなかない名前だし、みんなにすぐ覚えてもらえるし、自分の名前に誇りも感じているよ」

「じゃあ、なんで、『太いウンチ……』とつぶやいて自分の部屋に閉じこもって、次の日から学校に来なくなったの？」

「えっ、なんで、そのことを知っているの？」

「君のお母さんが教えてくれたんだよ」

「なんだ、そうなんだ。そこまで知っているなら話すよ。少し長い話になるよ」

　そう言うと、太は二人にすべてを話すことにした。


「学校に行かなくなった理由は、確かにぼくの名前に関係があるんだ」

「どういうこと？」

「それを説明するには、名前の由来から話をしなければならないんだ」

「お父さんにつけてもらった名前だよね」

「そうなんだ。三年前に交通事故で死んじゃった、ぼくが大好きだった父さんがつけてくれたんだ」

　太は話を続けた。

「実は……昔はぼくも自分の名前が少し恥（は）ずかしかったんだ。それでなんでこんな名前をつけたのか、父さんに聞いたことがあったんだ。それを聞いて大好きになったんだよ」

「どんな理由だったの？」

《お前が生まれた日、俺はビックリするような太いウンチをしたんだ。みんなにも見せたいと思うほど立派（りっぱ）なウンチだ。そして、とても気持ちがよかったんだよ。太いウンチが出

るのは健康な証拠(しょうこ)だ。だから、ウンチが太いのは素晴らしいことなんだ。それに、『太』という字は『豊か』という意味がある。『雲地太』という名前にすれば、『雨のもとである雲と大地が豊かで、豊作に恵(めぐ)まれる』という、とても縁起のよい名前になるんだ。だから、これに決めたんだよ。母さんには反対されたけどな……》

「父さんは、そう言って、笑っていたんだ」

「本当によい名前だね」

「それと、もう一つ、忘れられないお父さんの言葉があるんだ」

「それは何？」

「父さんが交通事故にあって病院に運ばれた時なんだけど、駆(か)けつけたぼくの手を握(にぎ)って、『お前は太いウンチになれ。そして、みんなのことを笑顔にしろ！』と言って、死んじゃったんだ」

そう言って、太は天井の方を向いて、天国にいるお父さんを見た。

「一週間前、ぼくは学校のトイレでビックリするようなすごく太いウンチをしたんだ。それを見て、『ぼくはみんなを笑顔にする太いウンチに、まだ全然なれていないなぁ』と思ったんだ」

太はそう言って、二人を見た。

「世界では、戦争や災害でひどい目にあっている人や、イジメや差別を受けたり、お金がなくて生活に困っている人が大勢いるでしょ。その人達を笑顔にするためには、今、学校で習っていることだけじゃなくて、何かもっと別なことを始めなければならないと思ったんだ。それで、学校に行くのをやめて、何をしたらいいか、何を勉強したらいいかを家で考えているんだよ」

「へ〜、すごいね。それで、何か考えはまとまったの？」

学が聞いた。

「それが、全然だめなんだ。毎日、新聞やニュースを見たり、ネットで調べてみたりしているんだけど、何から始めたらいいのか全くわからないんだ」

太は相談するような目で学の顔を見た。

「そうだよね。そういうのは一人で考えてもなかなか答えが出てこないと思うよ。何人かで考えた方がいいんじゃないかな」

学が太に言った。

「実は、ぼくは『世界中を屁で平和にしたい！』と考えているんだ」

小平が得意げに口をはさんだ。

「ハァ？　何それ？」

あきれている二人に、小平は家にある掛け軸についてと、それが書かれた理由を詳しく説明した。

屁は笑いを作り、笑いは平和を作る
ウンコ屁は幸運コの屁
へ〜わ最高！

「それすごいよ！　小平君」

小平の話に感動した太が言った。

「小平君もぼくと一緒に、みんなを笑顔にする方法を考えようよ！」

すると、学も二人に言った。

「ぼくもそれに入れてよ。まずはぼく達三人でそのことを考えるクラブを作らないか」

「それいいね」

太の目が輝いた。

「面白いね、すぐに作ろうよ。でも、どうせなら正式な学校の部にしようよ。そうすれば、学校でも活動ができるよ」

小平も賛成し、話を進めた。

「でも、それには顧問の先生が必要だよ。誰かやってくれる人いるかなぁ」

太が首を傾けた。

「スクールソーシャルワーカーの小森さんに頼もうよ。きっとやってくれるよ」

学が提案した。

「ええ、なんで小森さんなの？」

太が聞いた。

「小森さんは『子どもの味方』なんだよ。太君のことだって、『無理に学校へ来させることはない』と言っていたんだよ」

学は今回のことと、学の母親のことも詳しく説明した。

「そうだったんだ。そういう人だったとは知らなかったよ。じゃあ、ぼくも賛成する」

「い〜ね〜。それで決まりだ。で、部の名前は何にする?」

小平はそう言って、二人の顔を見た。

「『平和部』がいいんじゃないかな。みんなが笑顔になれば、平和でしょ」

学が提案した。

「いいね。でも何か真面目過ぎる気もするね」

太が言うと、

「『平和』は『へ〜わ』とひらがなにして、『へ〜わ部』にしたらどうかな。掛け軸でも『笑いは平和を作る』『へ〜わ最高』と書いてある。それに『屁は、ブ〜』という音だしね」

小平が言った。

「ちょっと変な名前だけど、面白いからぼくはいいと思う、学君はどう?」

太が学に聞いた。

「そうだね。それにしようか」

学が答えた。

「じゃ決まりだね。ぼくらは、ゴメン、ブ〜組、へ〜わブ〜だ!」

小平が叫んだ。

「……『五年B組のへ〜わ部』だけどね」

学が冷たく言った。

「へ〜わブ〜！　へ〜わブ〜！　へ〜わブ〜！」

小平は構わず叫び続けた

「じゃあ、さっそく明日三人で小森さんの所に行ってお願いしようよ」

学が言った。

「わかった、ぼくも明日から学校に行くよ」

太は笑顔でそう言った。

3 くせぇ会議

小平達が太の家に行った次の日、朝の会で、プップ先生は笑顔で話し始めた。

「今日は久しぶりに全員の笑顔を見ることができて、先生は本当にうれしいです。音無君と平尾君の二人、雲地君を笑顔にしてくれてありがとうね」

「先生、ぼくらはこのクラスを笑顔にするためなら、いや、世界中を笑顔あふれる平和にするためなら、何だってやる『へ～わ部』のブ～員ですから、これからもぼくらを頼(たよ)ってください！」

小平が得意げに言った。

「えぇっ？　それは何かしら……なんだか頼(たの)もしいわね」

「平尾君と雲地君と三人で、『へ～わ部』を作って、世界を平和にする活動をすることにしたんです」

学と太も目を輝かせてうなずいた。

「素晴らしいわね。でも、もし部を作るなら、顧問の先生が必要よ。誰かなってくれる人がいるんですか？」

「小森さんになってもらうことにしたんです」

「小森さんは引き受けてくれたの？　確か小森さんは部活動の顧問はやりたくないと言っていたと思うけど」

「えっ、そうなんですか。でも大丈夫ですよ。ぼくにいい考えがあるんで、きっと引き受けてくれると思います」

「そうなの……よくわからないけど、ちゃんと小森さんに相談してね。それよりも……」

プップ先生の笑顔が消えた。

「実は、先生はみんなに謝らなければならないことがあるの。さっき雲地君から話を聞いたんだけど、雲地君は、クラスの誰かに名前のことをからかわれてはいなかったの。みんなのことを疑ってごめんなさい」

プップ先生はそう言って頭を下げた。

「私は本当にだめな先生ね。これからは、もっとみんなのことを信じて、話をちゃんとよく聞くようにします。本当にごめんなさい」

もう一度深く頭を下げた。

「いいよ、いいよ。誰だって失敗することがあるんだから、許してあげるよ。でもその代わりに、宿題はもう出さないでくれないかなぁ」

小平がうれしそうに言った。

「わかったわ、じゃあ今日だけだけど、私からの宿題はなしにします。それでいい?」

「やった〜!」

小平はガッツポーズをした。

「バカだなぁ、今日プップ先生は、これから用事で外出して学校にいないから、宿題がないのは当たり前だろ」

学がそう言うと、クラス中が笑った。

「えへへ、バレちゃったようね。でもね、宿題はみなさんのためにあるんだから、これからもいっぱい出しますよ。音無君は、宿題を忘れることが多いので、特別サービスでみんなより多く出してあげるわね」

「え〜、それだけは勘弁してください。調子に乗ってごめんなさい」

小平は必死に謝った。

「ほんとバカ！」

香が冷たく言って、朝の会は終わった。


昼休み、小平達三人は相談室にいた。

太が学校に来なかった理由を聞き、『へ～わ部』の顧問をやってもらいたいと頼まれた
「やだよ、部活動の顧問なんて」

小森は、首を左右に激しく振りながら言った。

「そんな面倒なことは絶対にやらないよ。素晴らしい部だとは思うけど、私は忙しくてそんなことをやっている時間は全くないよ」

「ゲームをやりながらそういうこと言っても、説得力が全然ないですよ」

学があきれて言った。

「だから、これは、君達のことをよく知るために仕方なく……」

「あれ、そんなこと言って本当にいいんですか」

小森の言葉をさえぎって、小平がニヤニヤしながら言った。

「えっ、どうして？」

「プップ先生が、『小森さんならきっと引き受けてくれるわよ。正義感のある素敵な人だから』って言っていたんだけどなぁ」

「えぇっ、そうなの」

小森はゲームをやめて、キリッとした顔になって三人を見た。

「そうだね。確かに私は、平和を愛する、正義感のある素敵な男だ。私以外には、その『へ～わ部』の顧問にふさわしい人はいないだろうね。君達がそこまで言うなら、仕方ないね。なってあげるよ」

「えぇっ!? 何、この変わりよう！　この人で、本当に大丈夫なの？」

太が不安な顔で小平と学を見てささやいた。

「それに、プップ先生はそんなこ……」

小平があわてて太の言葉をさえぎった。

「小森さん、どうもありがとうございます！　さすが、プップ先生が言う通りの正義感のある素敵な人ですね」

「本当にありがとうございます。さっそくですが、部を作るためにはどうすればいいかを教えてください」

　続けて学が小森に聞いた。

「そうだね。まずは『部設立の申請書』を校長先生に提出しなければならないんだよ。書類は私がもらっておくから、放課後、またみんなここに集まってよ。いろいろと決めて書かなくてはならないから、みんなで作戦会議をしよう。あっ、白井先生に、小森さんはすぐに顧問を引き受けたと忘れずに伝えておいてね」

「もちろんです。じゃあ放課後、また来ますのでよろしくお願いします」

　小平がそう言って、三人は相談室を出た。

「あんないいかげんな人で、本当に大丈夫なの？」

　太がまた二人に聞いた。

「大丈夫だよ。確かにいいかげんで、女性にモテない、かわいそうな人だけど、子どもの味方になってくれるのは本当だから」

　小平が答えた。

「それにしても、よくあんなウソを小森さんについたね」

　学が小平に言った。

「えへへ、顧問がいないと、部を認(みと)めてもらえないんだから仕方ないでしょ。小森さんがポップ先生を好きなのは見え見えだから、ああ言えばきっと引き受けてくれると思ったんだ。だけど、あんなにコロッと変わるとは思わなかったよ。まぁ、二人がうまくいく可能性はないと思うけど、少しは小森さんのことを応援(おうえん)してあげようよ」

「ハァックション！」

そう言って、三人は笑顔で教室に戻って行った。

相談室では、再びゲームを始めた小森がニヤニヤしながら大きなくしゃみをした。


「さぁ、くせぇ会議に行こう！」

放課後、小平は学と太に言った。

「何、そのくせぇ会議って?」

「小森さんが言ってたじゃない」

「それは作戦会議だよ！」

「へへへ、へ～わ部の会議だから、くせぇ会議でいいじゃない！」

「なんだそれ」

「まぁいいから、早く行こうよ！」

三人が相談室に入ると、小森は相変わらずゲームをやっていた。

「やぁ、遅かったね。申請書はもらっておいたよ。それより、白井先生は何て言っていた？」

「『やっぱり私が思った通りの素敵な人ね！』って言っていましたよ」

小平がそう答えると、

「そうかそうか。よし、作戦会議を早く始めるぞ！」

小森はニヤけた顔でゲームをやめ、申請書を三人の前に置いた。

「この用紙を書いて、校長先生に提出しなければならないんだよ」

「あぁ、この空欄の所を全部書けばいいんですね」

学が言った。

「そうだよ。まずは『名称』だけど、これは『平和部』でいいんだよね」

「『平和』は漢字じゃなくて、ひらがなの『へ〜わ』にしてください」

小平がそう言って、ホワイトボードに書いた。

「なんか変わっているね。まぁ君達がそうしたいんなら、いいんじゃないかな」

小森はそう言って、用紙に「へ～わ部」と書いた。

「次は『活動の目的』だ。何て書く？」

「世界中を屁で平和にする！」

小平が得意げに言ったが、三人は無視した。

「笑顔あふれる平和な世界を作る」

学がそう言うと、小平と太は、目を輝かせてうなずいた。

「じゃあ、『活動目的』はそれで決まりだね。次は『部長』だ、誰にするの？」

「太君がいいと思う！　一番大きいから！」

小平が太を見て言った。

「ぼくも太君がいいと思う。大きさは関係ないけど、太君は優しいし、行動力もあるから適任だよ！」

学も太を見て言った。

「わかったよ、どうもありがとう。天国のお父さんも喜んでくれると思うから、ぼく、頑張るよ」

太がそう言うと、小森は「部長」の欄に太の名前を書いた。

「じゃあ、あとは『活動の内容』だね。何て書く?」

「世界中を屁で平和にする!」

小平が得意げに言ったが、三人は無視した。

「『世界を平和にする方法を考えて、行動する』っていうのはどう?」

学がそう言うと、小平と太はまた目を輝かせてうなずいた。

「そうだね、すごくいいと思うんだけど、もっと具体的に何をするかを決めておかないと、結局、何もできないと思うんだよ」

小森がそう言うと、みんな考え込んでしまい、沈黙が続いた。

「よし、それじゃあ、これは宿題にしよう。みんな家に帰って考えてきてよ。明日また集まって、作戦会議の続きをしよう」

「えぇっ!? 宿題? ぼくが一番嫌いな言葉なんだけど……」

小平が今にも泣きだしそうな顔になって、作戦会議は終わった。

小平は家に帰ると、自分の部屋でウンウンうなりながら、『へ~わ部』の宿題を考えていた。

「なんでこんな所でウンコしているんじゃ？」

突然、中平が部屋に入ってきた。

「なんじゃ、ふんばる声が聞こえたからウンコしているのかと思ったけど、パンツをおろしていないいんじゃな」

「当たり前だよ！　ここでウンコするわけないでしょ！　宿題をしているんだから邪魔しないでよ！」

「ほう、珍しいな、お前が宿題をやっているなんて。明日は雨じゃな」

中平は窓から外を見た。

「うるさいな。ぼくだってたまには宿題をやるよ」

「たまにしかやらんとは、たまげた奴じゃなぁ」

中平はそう言って、「ブゥ・へ・へ・へ」と笑った。

「ホント、うるさいなぁ！　だから、宿題の邪魔だから早く出て行ってよ！」

「まぁ、そんな冷たいことを言うなよ。じいちゃんはヒマなんじゃからもっと遊んでくれてもいいじゃろう。それにしても、そんなにウンウンうなって考えるなんて、どんな宿題をやっておるんじゃ」

教えないと帰りそうもないので、仕方なく小平は、『へ～わ部』を作ったことと、その宿題の内容を詳しく説明した。


「ほう、すごいもんを作ったんじゃな。そうだ、ちょっと待っておれ」

中平はそう言って、部屋を出て行った。

しばらくすると、日に焼けた古い新聞と古い本を持って戻ってきた。

「それ何？」

「まぁ、これを見てみい」

中平は古い新聞を広げた。そこには写真が一枚載っていた。男の人の写真で、腕と肩には白い鳩が三羽のっていた。その写真の下には、「日本国憲法公布を喜ぶ音無大平さんと平和の白い鳩」という文字があった。

「ええっ？　この男の人、大平ひいじいちゃん？」

「そうじゃ、大平ひいじいじゃ」

「なんなのこの写真」

日本国憲法公布を喜ぶ音無大平さんと平和の白い鳩

「日本国憲法が公布された日、大平ひいじいが近くの公園に散歩に行ったら、鳩が集まってきて、肩にまでのったらしいんじゃ。たまたまそこに新聞社の人がいて、憲法公布日に平和の象徴（しょうちょう）と言われている白い鳩が三羽も人の肩にのっている、その『奇跡（きせき）的な光景』にビックリして、この写真を撮（と）って記事になったんじゃ。大平ひいじいもすごく喜んでおったわ」

「へぇ〜、ところで、その日本国憲法ってなんなの？」

「なんじゃお前、日本国憲法も知らんのか？　国の頂点にある法じゃよ」

「法って何？」

「なんじゃ、そこから、説明しなきゃならんのか」

中平はあきれて、小平に説明を始めた。

「もしお前が、暴力を振るわれたり、大切なものを奪（うば）われたら困（こま）るじゃろ」

「そりゃ、いやだよ」

「だから、自由で安全な生活ができるように、人が守るべき決まりを作ったんじゃ。それが法じゃ」

「なるほどね。で、国の頂点にある法ってどういうこと？」

「日本国憲法はいろいろな法の頂点に位置して、これに違反する法を作ってはいけないのじゃ。だから、日本人が守るべき一番大切な決まりが書かれている法なんじゃ」

「へぇ〜、で、なんで大平ひいじいはそんなに喜んだの？」

「その憲法の中で、『日本はもう二度と戦争をしない国になる』と約束しているからなんじゃ」

「それが、そんなにうれしいことなの？」

「そうじゃとも。戦争に行って大変な思いをした大平ひいじいは、『戦争とは、罪もない人を殺し、罪もないのに殺される。殺されることはもちろんいやだが、相手を殺すことだって絶対にやりたくない。でも、そういうことを平気でやるようになってしまうのが戦争なんじゃ。大切な人が殺され傷つき、住む家や大事なものもみんな壊されてしまう。やってていい戦争なんか、世の中に一つもない』といつも言っていた。だから、『日本国憲法』のことを、これは『平和憲法』だと言って、本当にうれしそうだったのをよく覚えているよ」

　中平はそう言って、新聞の大平ひいじいの写真を懐かしそうに見た。

「戦争って、本当に怖いことなんだね。で、その『平和憲法』では、どんなふうに約束し

ている の？」

「日本は、あんな馬鹿な戦争をやってしまったことを本当に大反省して、『もう武器も軍隊も持たないし、戦争を二度としない』と約束したんじゃ」

「へぇ～、すごいね。でも、他の国から襲われない？」

「どうして、そう思うんじゃ？」

「だって、武器も軍隊もなければ、他の国が襲ってきたら、すぐに負けちゃうよ」

「そうじゃよなぁ。じゃあ、どうすれば、他の国が襲ってこなくなると思う？」

「そりゃあ、やっぱり、その国より強い軍隊を持たないとだめでしょ」

「じゃあ、もしその国が、日本より強い軍隊になったらどうする？」

「そりゃあ、その国よりもっと強い軍隊にすればいいんだよ」

「じゃあ、もしその国が、その日本よりもっと強い軍隊を持ったらどうする？」

「もっと強い軍隊にする……」

「そんなことをしていたら、いつまでたってもキリがないと思わんか？　それに、お金もたくさん使わなければならんじゃろ。お金はみんなが幸せになるために使う方がいいと思わんか？」

「そうだね」

「だから、日本国憲法を作った人は真剣に考えたんじゃ。『どうしたら、世界が平和になるのか』と」

「どういうこと？」

「結局、武器や軍隊に頼っていてはキリがない。だから、どこかの国が武器や軍隊を捨てて、『そんな馬鹿なことはもうやめよう！』と言わなければ、『世界は平和にならない！』と考えたんじゃ」

「まぁ、確かにそうだよね」

「だから日本は勇気をもって、他の国に先駆けて、武器や軍隊を捨てることにしたんじゃ」

「でも本当にそれで大丈夫かなぁ」

「世界中の人が平和を望んでいるなら大丈夫じゃ。だから、それを信じることにしたんじゃ」

「でも本当にそれで大丈夫かなぁ」

「だから、日本は世界中から愛されて、尊敬される国にならなければならないんじゃ」

「どういうことなの？」

「人間だって、強い奴が暴力を受けないとは限らないじゃろ」

「そうかなぁ？」

「もっと強い奴が現れたら暴力で打ちのめされるじゃろ。それに、弱い奴からだって、遠くから石を投げられるかもしれないしな」

「確かにそうだね」

「それじゃあ、お前はどういう人が暴力を受けない人だと思う？」

「そうだなぁ……みんなと仲のいい人とか、一緒にいると楽しい人とか、とても魅力的でみんなに愛されている人とか、素晴らしいことをして尊敬されている人とか、助けてもらった恩人とか、かなぁ」

「そうじゃ、お前もなかなか頭がいいなあ」

「まぁ、ね。よく言われるよ」

「……そんなこと聞いたことないがなぁ。まぁいい。じゃから、日本も他の国と仲よくして、楽しいことをやって、地球のためになることをやって、困っていたら助けて、世界中から愛されて、尊敬される国になれば襲われないということじゃ」

「なるほどね。いっぱい頑張らないといけないね。でも、日本ってすごいことを決めた国なんだね」

「そうじゃのう。本当に勇気のある決断をしたもんじゃのう。じゃから、この日本国憲法は、世界に誇れる憲法なんじゃよ。世界中の国が、この平和憲法を持てば、世界が平和になると思うんじゃがのう」

中平はそう言って、新聞の大平ひいじいの写真を見た。

「ところで、その古い本は何？」

「おう、忘れておったわい。これは、わしが小学生の頃に大平ひいじいからもらった『子どもにもわかる日本国憲法』じゃ」

「へぇ〜、ずっと持っていたの？」

「そうじゃ、大平ひいじいからもらった大切な宝物じゃからのう」

「そんなにすごい本なの？」

「大平ひいじいは、日本国憲法のことを『人類の宝物だ』とも言っていたんじゃ。戦争をしないと約束しただけじゃなくて、他にも人間が幸せになるための、大事な決まりがたくさん書いてあるんじゃ」

「どういう決まり?」

「例えば、『人間は自由で平等に生きる権利がある』『お金がなくて生活に困っている人がいたら助けてあげなくてはいけない』とかじゃ」

「すごいね!」

「大平ひいじいは、『この素晴らしさを、代々伝えて、ずっと大切に守ってもらわなければ』と考えたんじゃ。だからまずは、息子であるわしに、子どもでもわかるように書いてある、この本をくれたんじゃ」

中平はそう言って、また新聞の大平ひいじいの写真を懐かしそうに見た。

「お前が『へ~わ部』を作ったことを聞いて、ちょうどいい機会だから、この本をお前にあげようと思ってな」

中平は、そう言って、本を小平に手渡した。

「この本を使えば、困っている人を助けることができて、悪い奴をやっつけることだってできる。じゃから、『へ~わ部』の活動にこの『平和憲法』を利用したらどうじゃ? へ~わ、ブ~には、へ~わ、けんプ~じゃ!」

中平はそう言って、「ブゥ・へ・へ・へ」と笑った。

「ダジャレは全然うまくないけど、そうするよ。どうもありがとう！」

小平は、この本を「へ〜わ部」の宿題の答えとして、明日のくせぇ会議に持って行くことにした。

安心した小平は、前に出された他の宿題があったことをすっかり忘れて、ゲームを始めた。


次の日の天気は雨だった。

「どうする？」

昼休み、小平は相談室の前で、学と太に聞いた。

「どうするって言っても、これじゃ、入れるわけないじゃないか」

相談室のドアにある、『相談中！　部屋には入れません』と書かれた張り紙を指さして、学が言った。

「そうじゃなくて、中で誰が相談しているかを覗（のぞ）いてみようよ」

「そんなことしちゃだめに決まっているだろ！　教室に戻って、放課後また来ようよ！」

太があきれて言った。

「そっかぁ、残念だなぁ」

小平は仕方なく、あきれている二人と一緒に教室に帰った。

放課後、相談室で小平は小森にしつこく聞いていた。

「ねぇ、昼休み、誰が相談に来ていたの？」

「そんなこと教えるわけがないだろう」

「ケチだねぇ。『へ〜わ部』の顧問なんだから、ブ〜員に教えてくれてもいいじゃないですか」

「関係ないだろう。相談者に対して守秘義務というのがあるんだから、校長先生にだって教えないよ。それより、『へ〜わ部』の宿題はちゃんとやってきたのかい」

「もちろんですよ」

「ほぅ、珍しいこともあるんだね。だから、今日は雨なのかぁ」

「何言ってるんですか。宿題をやるなんて、当たり前のことじゃないですか」

「素晴らしい心がけだね。でも午前中の授業で、君は宿題を忘れて先生にしかられたそうじゃないか」

「えっ!?　なんで知っているんですか。あれは、たまたま……」

「まぁ、完璧(かんぺき)な人間なんていないからね。それで、宿題のへ～わ部の『活動内容』は何がいいと考えたんだい？」

「これです！」

小平は持ってきた『子どもにもわかる日本国憲法』を得意げに見せた。

「これを勉強して、『笑顔あふれる平和な世界を作る』活動に利用するんですよ！」

「へぇ～、この古い本は何？」

学が興味ありげに聞いた。

「日本国憲法のことを子どもでもわかるように書いてある本だよ」

「日本国憲法って、どんなものなの？」

「えぇっ、日本国憲法を知らないの？　日本人として恥(は)ずかしいよ！」

小平がえらそうに言った。

「日本国憲法は法の頂点で、これに違反する法を作ってはいけないんだよ。だから、日本人が守るべき一番大切な決まりが書かれている法なんだよ」

小平は鼻の穴(あな)を広げて説明した。

「そうなんだ。よく知ってるね！」

学は尊敬の眼差しで小平を見た。

「まぁ、日本人として当たり前のことだけどね」

小平の鼻の穴はますます大きくなった。

「フフ、音無君も知らなかったんじゃないのかい。ひょっとして、おじいさんからでも聞いたの？」

「えっ、どうしてわかるんですか？」

小平の鼻の穴は急にしぼんだ。

「かなり古い本だからね、そうなんじゃないかと思ったんだよ。それにしても、日本国憲法を活用するとは素晴らしいことを考えたね。ぼくも日本国憲法は大好きだよ。人間が幸せになるための、大切な決まりがたくさん書いてあるからね。確かに『へ〜わ部』の活動に利用できると思うよ」

「そんなにすごいものなんですか？　ぼくもその本を読みたいなぁ」

「そうだね、じゃあ『へ〜わ部』のみんなで日本国憲法を学ぶことにしよう！　ところで、平尾君は何を考えてきたんだい？」

「実はぼくも本を持ってきました」

学はそう言って、『ＳＤＧｓ入門』という一冊の本をみんなに見せた。

「何、この英語？」

小平が首をひねって質問した。

「エス・ディ・ジー・ズと読むんだよ。これは、『地球上の誰もが、ずうっと笑顔で幸せに暮らし続けるためにどうすればよいか』を、世界中の国で話し合って決めたものなんだ」

「何を決めたの？」

「そのために必要なことを、誰もが達成を目指さなければならない目標としたんだ」

「へぇ～、どんな目標なの？」

「例えば、『お金がなくて生活に困っている人がいないようにする』『環境破壊や温暖化から地球を守る』『差別をなくす』『争いのない平和な世の中にする』など、目標を十七個にまとめたんだよ」

「へぇ～、ぼくがやりたかったことばかりだ。こんなに素晴らしいものがあったんだね！」

太が目を輝かせた。

「確かにこれも『へ～わ部』の活動にピッタリだね。じゃあ、このＳＤＧｓも『へ～わ部』のみんなで学ぶことにしよう！　で、雲地君は、何を考えてきたんだい？」

小森が太に尋ねた。

「ぼくは、『笑顔あふれる平和な世界を作る』といっても、まずは、身近なことから始めて徐々に広げるのがいいと思ったんです。だからまずは、この学校で元気がない人を笑顔にすることから始めようと思うんです。ぼくが小平君と学君にしてもらったようにね」

太はそう言って、うれしそうに二人の顔を見た。

「なるほどね。そうだ！　ここに相談に来た人を笑顔にしてくれたら、ぼくも助かるよ」

「それじゃ、誰が相談に来たかを教えてくれるの？」

小平が目を輝かせて、小森に聞いた。

「そんなことはもちろんできないよ。でも、『へ～わ部』に協力してもらうことをぼくから相談者に提案することはできるよ。もし、協力してもらいたいと相談者が思えば、君達にそっと声をかけると思うよ」

それを聞いて、小平達はうれしそうにうなずいた。

「それじゃ、『活動内容』をまとめてみようか」

学校で元気がない人を笑顔にする
日本国憲法を学ぶ
SDGsを学ぶ

小森はそう言って、三人から出た意見を、ホワイトボードに書いた。

［活動内容］
・学校で元気がない人を笑顔にする
・日本国憲法を学ぶ
・ＳＤＧｓを学ぶ

「この三つでいいかな？」

小平達三人が大きくうなずいたので、小森はこれを申請用紙に書いた。

「よし、完成だ！　これを校長先生に提出して、許可がおりれば、『へ～わ部』が正式にスタートだよ」

「やった～！　へ～わブ～！　へ～わブ～！　へ～わブ～！」

小平が叫(さけ)び続けて、くせぇ会議は終わった。

4 くさい仲

数日後、『へ～わ部』は正式に部として認(みと)められた。

小平の部屋に、学と太が来ていた。

「小森さんは本当にケチだよね。相談室を部室として使わせてくれないんだから」

「仕方ないよ。相談室は相談者のためにあるんだから」

太が小平を諭(さと)すように言った。

「『へ～わ部』を作る時のくせぇ会議には使わせてくれたのに……」

「部室となると、週何回も使うことになるからだと思うよ」

「でも助かったよ。小平君の家がバリアフリーで」

学が二人の会話をさえぎるように言った。

「体の不自由なおじいちゃんと一緒(いっしょ)に住むことになって、段差(だんさ)をなくしたり手摺(てす)りをつけ

郵便はがき

料金受取人払郵便

新宿局承認

2524

差出有効期間
2025年3月
31日まで
(切手不要)

160-8791

141

東京都新宿区新宿1－10－1

(株)文芸社

愛読者カード係 行

ふりがな お名前		明治 大正 昭和 平成 年生 歳
ふりがな ご住所	□□□-□□□□	性別 男・女
お電話 番 号	(書籍ご注文の際に必要です)	ご職業
E-mail		
ご購読雑誌(複数可)		ご購読新聞 新聞

最近読んでおもしろかった本や今後、とりあげてほしいテーマをお教えください。

ご自分の研究成果や経験、お考え等を出版してみたいというお気持ちはありますか。

ある　ない　内容・テーマ(　　)

現在完成した作品をお持ちですか。

ある　ない　ジャンル・原稿量(　　)

書　名			
お買上 書　店	都道 府県　　　市区 郡	書店名	書店
		ご購入日	年　月　日

本書をどこでお知りになりましたか?

1.書店店頭　2.知人にすすめられて　3.インターネット(サイト名　　　)

4.DMハガキ　5.広告、記事を見て(新聞、雑誌名　　　)

上の質問に関連して、ご購入の決め手となったのは?

1.タイトル　2.著者　3.内容　4.カバーデザイン　5.帯

その他ご自由にお書きください。

(　　　)

本書についてのご意見、ご感想をお聞かせください。

①内容について

②カバー、タイトル、帯について

弊社Webサイトからもご意見、ご感想をお寄せいただけます。

協力ありがとうございました。

お寄せいただいたご意見、ご感想は新聞広告等で匿名にて使わせていただくことがあります。

お客様の個人情報は、小社からの連絡のみに使用します。社外に提供することは一切ありません。

書籍のご注文は、お近くの書店または、ブックサービス(0120-29-9625)、セブンネットショッピング(http://7net.omni7.jp/)にお申し込み下さい。

たり家の改修工事をしたからね。で、おじいちゃんがなんでここにいるの?」

小平は中平を見て言った。

「いいじゃろが。このわしのおかげで、この家で話し合いができるようになったんじゃから。それに自慢(じまん)じゃないが、わしは時間が有り余ってるジジイじゃ。暇(ひま)つぶしにこのくせぇ会議に参加してやるから有難(ありがた)いと思うんじゃな。『亀(かめ)の甲(こう)より年(とし)の功(こう)』と言ってな、年寄りの話は役に立つんじゃぞ。ジジイが入れば、いい感じィ! ってな」

中平はそう言って、「ブゥ・へ・へ・へ」と笑った。

「全然おもしろくないし」

小平は冷たく言った。

「いいんじゃないかな。ちゃんとした大人がいてくれた方が、確かに心強いよ」

「ちゃんとした大人ではないけどね……。部長の太君がそう言ってくれるなら、今日はおじいちゃんもここにいていいよ」

「そうこなくっちゃ! どうもありがとうな。ところで、この部には、女の子はおらんのか? 男だけではどうも力が入らんのじゃ」

「別に女の子がいなくたって……」

小平が言いかけると、

「でも、女の子の意見も大切だし、ＳＤＧｓでも男女の平等を目標にあげているから、確かに女の子が入ってくれるといいよね」

学が言った。

「そうじゃろ！　ＳＤＧｓは、みんなが目標達成に向かって努力しなければならんのじゃから、なんとかせい」

「そう言ってもね……」

みんな黙り込んだ。

「そうじゃ！　お前が屁をこいた時に『最低！』と言った子。かわいそうにお前の後ろの席でくさかった子なら、お前とくさい仲になるんじゃないか？　その子に入ってもらったらどうじゃ？」

中平が小平を見て言った。

「ああ、香ちゃんのことだよね」

学も小平の顔を見て言った。

「な、何言ってんだよ……そんなの無理に決まっているでしょ」

小平が顔を真っ赤にして否定した。

「そういえば、最近、香ちゃん、いつもの元気がないと思わない？」

太が言った。

「そうそう、ぼくも思ってた」

学もうなずきながら言った。

「そういえば、最近、よくため息もついているよ。香ちゃん、ぼくのすぐ後ろの席だから、よく聞こえるんだ」

小平も心配そうに言った。

「恋じゃな！」

中平が言い切った。

「女の子がため息をつくのは、恋をした時じゃ。間違いない！　きっと誰か好きな人ができたんじゃ」

「……それ、ぼく、かもしれない。最近、香ちゃんは、よくぼくのことを見ているんだ」

小平が恥ずかしそうに言った。

「はぁ？」

三人がいっせいに疑いの目で小平を見た。

「本当だよ！　今日も三回も目が合ったんだ。きっと香ちゃん、ぼくのことを好きになっちゃったんだよ」

「それはない！」

三人は口をそろえて小平にキッパリ言って、今日のくせぇ会議は終わった。


次の日、小平は一日中ソワソワしていた。

「ちょっと話したいことがあるから、今日の放課後、教室に残っていてくれない？」

遅刻ギリギリで登校した小平に、香がそっとそう耳打ちしたからだ。

放課後、小平は一人で教室に残っていた。

（やっぱり香ちゃんはぼくのことが好きだったんだ。勇気を出して告白してくれるなんて、香ちゃんは本当に積極的な女の子だなぁ）

小平はニヤニヤしながら香を待っていた。

しばらくすると、いったん教室を出ていた香がハァハァ言いながら戻ってきた。

「待たせちゃって、ごめんなさい。なかなか一人になれなくて、遅くなっちゃった」

香はペロリと舌を出して謝った。

「全然待っていないから、大丈夫だよ！」

小平はキリッとした顔になって言った。

「で、話って何？」

「実は……」

香が恥ずかしそうに下を向き、しばらく沈黙が続いた。

「大丈夫だよ。さぁ、勇気を出して言っていいよ！　ぼくのことが好……」

「『へ～わ部』にお願いしたいことがあるの！」

香が小平の言葉をさえぎるように大きな声で言った。

「えっ？『へ～わ部』に？」

「そうなの、小平君達が作った『へ～わ部』に協力してもらいたいの」

「あぁ……そうなんだ……」

小平は急に力なく答えた。

「スクールソーシャルワーカーの小森さんに相談したんだけど、『そういうことはきっと〝へ～わ部〟が力になってくれるよ！』って教えてくれたの。だから、席の一番近い小平

君にお願いしようとしたんだけど、なかなか言うチャンスがなくて……」

「あぁ……そういうことね……」

　小平はますます元気なく答えた。

「……それで、ぼく達は何をすればいいの？」

「私(わたし)のパパとママが大喧嘩(おおげんか)しているのよ。私はそれが悲しいの。パパとママにはいつも仲よくしていてほしいのよ」

「そんなこと、ぼく達に言われても……」

「お願いよ。『へ～わ部』は困(こま)っている人を助けて笑顔にしてくれるんでしょ！」

「まぁそうだけど……。で、何が原因で喧嘩をしているの？」

「それが、よくわからないのよ。最近、二人はよく喧嘩をしていて、私が部屋にいると、『なんでよ！』『だめだ！』とどなり合っている声が聞こえてくるの」

「あぁ、それは確かに困ったもんだねぇ。でも『夫婦喧嘩は犬も食わない』っていうから、ぼくら子どもが関わらない方がいいんじゃないかなぁ？」

「なによ！『へ～わ部』は、私のことを笑顔にしてくれないの！」

　香は小平に怒り出した。

「わ、わかったよ。そ、それじゃ、今度のくせぇ会議に香ちゃんも参加して、みんなにそのことを話してよ」

「くせぇ会議って、なによ、それ」

「『へ～わ部』の作戦会議のことをそう言っているんだよ。だからそこで、みんなに考えてもらおうよ。できればそれまでに、喧嘩の原因を二人から聞き出しておいてよ」

「わかったわ。どうもありがとう」

香は笑顔になって、教室をスキップしながら出て行った。

一人残った小平は、大きなため息を一つついた。

数日後、香は、『へ～わ部』のメンバーと小平の部屋にいた。

「で、おじいちゃんがなんでまたここにいるの？」

小平が中平を見て言った。

「いいじゃろが。今日は女の子が来ると聞いたもんじゃから、老人会の会合に行く予定をキャンセルしたんじゃ。『行キャン！』って言ってな」

中平はそう言って、「ブゥ・へ・へ・へ」と笑った。

「だから全然おもしろくないよ」

小平は冷たく言った。

「いいんじゃないかな。小平君のおじいさんがいてくれた方が楽しいから、『へ〜わ部』の特別顧問としていつも参加してもらおうよ」

「そうこなくっちゃ！　さすが部長さんじゃな。雲地君は優しいのう。今日からわしはその、特別なコーモンじゃ」

中平はそう言って、「ブゥ・へ・へ・へ」と笑ったが、その場に冷たい空気が流れて、みんな静かになった。

「と、ところで、やっぱり、女の子がいると、しょぼくれたこの部屋が華やかになるのぉ。ようこそ」

中平は話題を変えて、今さらながら香に挨拶した。

「……私は、小平君のクラスメイトの花野香です。今日はよろしくお願いします」

香は大人のようなきちんとした挨拶をした。

「おぉ、君じゃったのか！　小平が惚れてい……」

「あぁ〜っ！　太君！　そろそろくせぇ会議を始めようよ！」

小平はあわてて中平の言葉をさえぎって、大きな声で部長の太に言った。

「そうだね。それでは作戦会議を始めます。今日の議題は、『大喧嘩している香ちゃんのご両親を仲直りさせる方法を考える』です。香ちゃん、それでいいんだよね？」

太は香を見た。

「そうです。みなさん、どうかよろしくお願いします」

香がペコリと頭を下げた。

「それで、喧嘩の原因はわかったの？」

小平は香に尋ねた。

「それがね、どうも二人は私の中学進学のことで、喧嘩しているらしいの」

「どういうこと？」

「ママは大学までエスカレーター式の私立中学校に行った方がいいと考えているんだけど、パパは公立中学校でいいと言っているのよ」

「おやおや、困った親じゃのう」

中平はそう言って、「ブゥ・へ・へ・へ」と笑った。

「ちょっと黙っててよ」

小平が中平をたしなめ少し大人しくさせた。

「なるほどね。親は、子どもの将来のことになると、つい熱くなってしまうんだね。でも、それが原因なら、なんとかなりそうだよ」

学がニヤッとして言った。

「どうして？」

小平が学に尋ねた。

「日本国憲法の第十三条に、個人の尊重について書かれていて、人は誰でも自分の思うように自由に行動ができるんだよ」

「どういうこと？」

小平は首をひねった。

「だから、親が何と言おうが、香ちゃんは自分の意志で好きな中学校に行くことができるんだよ」

「えぇっ？　それがどうして、香ちゃんのご両親を仲直りさせられるの？」

小平がまた首をひねった。

「だから、香ちゃんは『お父さんとお母さんが何を言っても、私が行く中学校は私が自分で決めるんだから、もう喧嘩しないで！』って、言えばいいんだよ」

「なるほどね。それいいじゃん！」

小平は香の顔を見た。

「でも、それで本当にうまくいくかしら？」

香は心配そうに言った。

「確かに、親は子どものことを考えて言っているんだから、そう簡単ではないと思うよ」

太が言った。

「なぁに、そんな時は屁を一発こいて、みんなを笑顔にしてから三人でじっくり話し合えばいいんじゃよ。屁の空気で、へ～き、へ～き！　ってな」

中平はそう言って、「ブゥ・へ・へ・へ」と笑った。

「だから、ちょっと黙っててよ。でも、確かにそれはいいかもね。……香ちゃん、屁をこける？」

小平は香ちゃんを見た。

「馬鹿じゃないの！」

香はいつも以上の大きな声で言って小平をにらみつけた。

「そ、それにしても、学君はさすがだね。よく日本国憲法のことを知っているね。そんなことが書いてあるなんて、全く知らなかったよ」

小平はあわてて話題を変えて、学を見て言った。

「えぇっ!? 小平君が持ってきた本なのにまだ読んでいなかったの？ とても面白かったから、ぼくはすぐに全部読んじゃったよ。日本は本当に素晴らしい国だね。小平君も早く読んだ方がいいよ」

学はあきれて、小平に言った。

「そ、そうだね。でもぼくは、本を読んでいるとすぐに眠（ねむ）くなっちゃうんだよ」

小平は恥ずかしそうに下を向いた。

「じゃあ今度、『へ～わ部』で日本国憲法の勉強会をやろうよ！ 部の活動内容にも『日本国憲法を学ぶ』を入れたんだからね。みんなでやれば、眠くならないでしょ」

太が提案した。

「そうだね、ぼくがわかりやすく解説してあげるよ」

学がうれしそうに言った。

「勉強会か……。ぼく、『勉強』という言葉も好きじゃないんだよね……」

小平がまた下を向いた。

「ガハハハッ。そうじゃろうな。お前は勉強が苦手じゃからのう。『べんきょうかい』という名を一字変えて『べんじょうかい』……『便所ぅ会』にしたらどうじゃ？」

中平はそう言って、「ブゥ・ヘ・ヘ・ヘ」と笑った。

「だから……でも、確かにそれいいね。『便所ぅ会』だったら、『へ〜わ部』にピッタリの名前だし、それだとちょっと楽しそうだしね」

小平は笑ってみんなを見た。

「そんなことどうでもいいから、私のパパとママを仲直りさせてよ！」

香はまた小平をにらみつけた。

「そ、そうだったね……」

小平は太を見て、助けを求めた。

「そうだね。さっきの学君の提案通り一回、お父さんとお母さんに言ってみたらどうかなぁ？　それでうまくいかなかったら、もう一度集まって、作戦会議をやればいいんだから」

太が香に提案した。

「ついでに、わしが屁のこき方を教え……」

「本当に黙ってよ！」

これ以上香を怒らせたくない小平が、慌てて中平の口を押さえて黙らせた。

「屁はしなくてもいいから、三人でじっくり話し合うことが、やっぱり一番大事だと思うよ。一度やってみてよ」

学も香を見て言った。

「わかったわ。家に帰ったら一度やってみるわ。みんなどうもありがとう」

香がそう言って、小平が中平の口を押さえたまま、くせぇ会議は終わった。


次の日も、小平は一日中ニヤニヤしていた。

「今日も放課後、教室に残っていてくれない？　昨日の報告と、もう一つ大事な話があるの」

今朝も遅刻ギリギリで登校した小平に、香がそっとそう耳打ちしたからだった。

放課後、教室に一人残った小平はニヤニヤが止まらなかった。

「やっぱり香ちゃんはぼくのことが好きなんだ。もう一つの大事な話っていうのは、きっとぼくへの愛の告白なんだろうなぁ」

小平はドキドキしながら、香が来るのを待った。

しばらくすると、教室に戻ってきた香が、飛びつくようにして小平の手を握（にぎ）った。

（えぇっ!?　いきなり？　なんて積極的なんだろう）

小平は顔を真っ赤にして、そう思った。

「どうもありがとう！　パパとママが仲直りしてくれたのよ！」

「あ、あぁ、それはよかったね。それじゃあ、上手に屁をこけたんだね！」

「何言ってるのよ、馬鹿じゃないの！」

香は、握っていた手を振りはらって、小平をにらんだ。

「昨日、家に帰ったら、パパとママがまさに私の中学進学について大喧嘩していたのよ」

「で、どうしたの？」

「『私は自分の行きたい中学に行くから、喧嘩はやめて！』って叫（さけ）んだのよ」

「それでどうなったの？」

「最初二人はビックリして言い争いをやめたんだけど、『あなたのために言っているの！

私の言うことを聞きなさい！』と言って、すぐにまた喧嘩になったの」

「やっぱりそうなっちゃうんだね。それで屁をこいたんだね！」

「だから違うわよ！『日本国憲法で、親が何と言おうが、私は自分の意志で好きな中学校に行くことが認められているのよ。私の決めたことに文句は言えないの。だからどんなに喧嘩をしても無駄なのよ。お願いだから喧嘩はやめて！』と泣きながら言ったのよ」

「それでどうなったの？」

「パパが『お前も大人になったんだなぁ。悪かったなぁ』と言って、ママも『そうね。もう無駄な喧嘩はやめましょう』と言って、仲直りしてくれたの」

「なるほどね。涙は屁と同じくらいの効果があるってことか」

「なに言ってるのよ。でも、本当にありがとう。『へ～わ部』のおかげでおこづかいがたくさんもらえるわ」

「はあ？　何のこと？」

「いつも田舎のおばあちゃんから、おこづかいをたくさんもらえるのよ。でも、もしパパとママが喧嘩していたら、おばあちゃんの家に行かなくなっちゃうじゃない」

「……ひょっとして、悩んでいた理由はそこだったの？」

「そうよ。言わなかったっけ？」

「あ、あぁ、そうだったんだ……あっ、そうだ、もう一つの大事な話って何？」

小平は気を取り直して、香に尋ねた。

「そうそう、忘れるところだったわ。私も『へ～わ部』に入れてほしいのよ。今回のことで、『へ～わ部』の素晴らしさがわかったの。私もみんなのことを笑顔にしたいと思ったのよ」

「あぁ……そういうことね……。もちろんいいよ。みんなも喜ぶと思うよ」

「どうもありがとう！」

香は笑顔で、教室をスキップしながら出て行った。

一人残った小平は、大きなため息を二つついた。

便所ぅ会

「そうか、そうか。やっぱり『へ〜わ部』が花野さんの悩みを解決してくれたんだね。どうもありがとう！」

相談室に遊びに来ていた小平は、小森と話をしていた。

「『へ〜わ部』に相談を解決させるなんてちょっとズルいんじゃないの？　相談者の悩みを解決するのが小森さんの仕事なんでしょ？」

「そうだよ。だから、花野さんに『へ〜わ部』を紹介したんだよ。問題を解決するために役立ちそうなことを紹介するのも、スクールソーシャルワーカーの大事な仕事の一つだからね」

「へぇ〜、そうなんだ。小森さんだけで解決するわけじゃないんだね」

「そりゃそうだよ。相談者と一緒に解決方法は考えるんだけど、私一人でできることには限界があるからね。それにしても、日本国憲法をうまく活用できたんだね。『へ～わ部』は本当にすごいね！」

「へへへぇ、今度、日本国憲法について、学君に便所ぅ会をやってもらうことにしたんだよ！」

「何、その『べんじょうかい』って？」

「勉強会のことだよ」

「なんだそうか。『くせぇ会議』と同じように、また変な言い方を作ったんだね。でも、勉強会ならぜひ、私も参加させてよ」

「いいけど、ぼくの部屋じゃ狭すぎるから、この相談室を使わせてくれないかなぁ」

「う～ん……ここは相談者のための部屋だからねぇ……」

小森はしばらく考え込んだ。

「そうだ！　その勉強会、白井先生に相談して学活の時間にやらせてもらおうよ！」

小森は少し顔を赤くして言った。

「なるほどね。学活なら小森さんも参加できるし、おまけに、クラスのみんなも日本国憲法について学ぶことができるね！　でも、プップ先生が、やってくれるかなぁ？」

「それは、『へ～わ部』顧問のこの私に任せてくれ！　相談室の留守番を頼む！」

そう言うと、小森はキリッとした顔になり、イソイソと相談室を出て行ってしまった。

「なんだよ……相談者が来たらどうするんだよ……。でも小森さんはやっぱりプップ先生のことが好きなんだな。わかりやすいねぇ～」

小平は自分のことを棚に上げてひとり言を言いながら、一人残った相談室でゲームを始めた。

しばらくするとニヤニヤした顔で、小森が帰ってきた。

「いやぁ～、白井先生に『さすが小森さんね。素晴らしいわ！』って言われちゃった」

小森は、プップ先生が勉強会を学活でやるのを喜んで引き受けてくれたことを、興奮気味で小平に伝えた。


それから数日後の学活の時間、プップ先生はクラスのみんなに話を始めた。

「今日の学活は、『へ～わ部』が日本国憲法について話をしてくれます。日本国憲法は、世界に誇れる素晴らしいものなの。実は、私の名前にも少し関係があるから、先生は大好きなの。今日はしっかり勉強してくださいね。……ところで、音無君のおじい様がなんでここにいらっしゃるんですか？」

　後ろの席でニヤニヤしながら座(すわ)っている中平を見付けて言った。

「いやぁ〜、わしは『へ〜わ部』の特別なコーモンじゃからのう。今日は『便所ぅ会』のお手伝いに来たんじゃよ。便所に肛門(こうもん)は付き物じゃからな」

　中平はそう言って、「ブゥ・へ・へ・へ」と笑った。

「先生、ごめんなさい。おじいちゃんがどうしても参加したいとダダをこねて来ちゃったんです。勝手に教室に入ったら駄目だと思ったんだけど……」

　小平はあわててプップ先生に謝った。

「まあ仕方ないですね……おじい様が何を言っているのか、ちょっとわかりませんでしたが、わざわざおこしいただいたので特別に今日だけは。ではよろしくお願いします」

　プップ先生は戸惑(とまど)いながら中平に挨拶(あいさつ)をしたあと、「聞いてないわよ」という顔で横に立っている小森をにらんだ。

「あ、あっ、それじゃ早速、日本国憲法の勉強会を始めましょうか。今日は『へ〜わ部』の平尾君に話をしてもらいます。平尾君、よろしくね」

　小森は冷(ひ)や汗(あせ)をかきながら、学を前に呼(よ)び寄せた。

学は車いすを動かしみんなの前に出てくると、少し恥ずかしそうに話を始めた。

「みんなは日本国憲法ってどんなものか知っていますか？」

学が尋ねると、みんな下を向いた。

「実は、ぼくも知らなかったんだけど、この『へ〜わ部』を作った時に、音無君がこの本を持ってきてくれて初めて知ったんだ」

学は手に持っていた本をみんなに見せた。

「この本は、日本国憲法のことを子どもでもわかるように書いてある本です。音無君から教えてもらったんだけど、日本国憲法は法の頂点で、これに違反する法を作ってはいけないんだよ。だから、日本人が守るべき一番大切な決まりが書かれているものなんです」

学がそう説明すると、小平が突然すっと立ち上がった。

「そうです。ぼくが平尾君にそれを教えてあげたんです」

そう言って、指を二本立ててみんなにピースをした。

「あんたは黙っていなさいよ！」

香が小平に冷たく言った。

すると今度は中平も立ち上がった。

「この子にそう教えてあげたのは、わしなんじゃ！」

そう言って、動くほうの手で指を三本立ててダブルピースをした。

「二人とも座って平尾君の話をちゃんと聞きましょう」

プップ先生が小平と中平を注意した。二人はスゴスゴと席に座った。

「ぼくはこの本を借りて全部読んだんだけど、本当に感動したんです」

学は再び話を始めた。

「本だけに、本当に感動した！　な〜んてな」

中平がそう言って、「ブゥ・ヘ・ヘ・ヘ」と笑った。

「おじい様、少し静かにして聞いていただけませんか？」

プップ先生が、中平をさっきより少し大きな声で注意した。

「すまんのう。わしは黙っておれん性格でのぉ。そんなんじゃ、ここにおれん！　ってか」

中平がそう言って、「ブゥ・ヘ・ヘ・ヘ」と笑うと冷たい空気が流れて、一瞬(いっしゅん)、教室が静かになった。

「わ、わかりました。もうあきらめました。でも、せっかく平尾君が発表しているんですから、進行の邪魔だけはしないでくださいね」

プップ先生はあきれて中平にそう言ったあと、また小森をにらんだ。

「あ、あっ、そうだ！　平尾君がおじい様の質問に答えるという形はどうでしょうか？　それなら進行の邪魔にならないと思いますから。それでよろしくお願いします」

小森は冷や汗をかきながら、中平にお願いした。

「了解じゃ！　安心してわしに任せなさい！　そのためにわしはここにいるんだモン、コーモンとしてな。ブゥ・ヘ・ヘ・ヘ」

「そ、それじゃあ、平尾君、話を続けて」

小森は不安な表情を浮かべながら、学に言った。

「そ、それで、何に感動したかというと……」

学は再び話を始めた
「一番感動したのは、『日本は二度と戦争をしない国になる』と誓って、『軍隊も武器も持たない』と約束していることなんだ」

それを聞いた中平がさっそく質問をした。

「それで本当に大丈夫なのかのう？　他の国とのもめ事を話し合いでちゃんと解決でき

れば、軍隊がなくても大丈夫じゃが、話し合いではなく暴力で決着しようとする国が現れたら、国が奪われてしまうんじゃないのかのう？　軍隊を持たなきゃ国がもたない！　な〜んてな。ブゥ・ヘ・ヘ・ヘ」

「だ、だから、ここがすごいところなんだけど、『日本は世界中の人が平和を望んでいるのだから、世界の国々と仲よくなって、よく話をすれば、暴力で日本を襲うような国はない』と信じることにしたんだよ。勇気をもって、軍隊も武器も捨てることにしたんだ」

「それは理想論じゃな。実際は、戦争をしかけてくる国がありそうじゃないか、な〜んてな。ブゥ・ヘ・ヘ・ヘ」

「た、確かに理想かもしれないけど、原子爆弾を落とされた世界で唯一の国である日本は、戦争の悲惨さを身にしみて感じ、戦争をしたことを本気で反省したんだ。だから、真剣に『世界が平和になるためにはどうしたらよいか』を考えたんだよ。そして、理想かもしれないけど、『まず日本が勇気をもって、軍隊や武器を捨てれば、それがいつか世界の平和につながる』と考えたんだ。この憲法を作った理由や意気込みなどが書かれている『前文』には、『私達は、平和で幸せな世の中を目指している世界中の人達から、尊敬されるような国になりたいと思う』『この素晴らしい理想と目的を達成するために、日本国民は全力を尽くすことを誓う』と書いてあるんだよ。ぼくはここが一番好きなんだ。だから、日本は武力を持たず、平和な世の中にするために全力を尽くさなければならないんだよ。そしてもし、争っている国があれば、その間に入り、話し合いでなんとか和解させるように全力を尽くさなければならないんだ」

学は、真剣な表情で、力を込めて話をした。

「確かに素晴らしいが、でも変じゃのう。日本の自衛隊は軍隊じゃないのかのう?」

「そうなんだよ。自衛隊は武器を使った訓練もしているので、ぼくも変だと思って調べてみたんだよ」

「ほう、それでどうじゃった?」

「『自衛隊は国を守るためだけの組織だから軍隊ではない』『自衛隊が持っているのは、武器ではなく防衛装備だ』という考え方をしているようなんだ」

学は、少しため息をついて、話を続けた。

「日本を守るための厳しい訓練をしていて、災害の時には救助活動もしてくれるので、ぼくは自衛隊にすごく感謝していて、尊敬もしているけど、でも今のままでは、やっぱり憲法に合っていないと思うんだよね。だから自衛隊は、防衛装備なんかではなく、救助のための最新鋭の救助装備をもって、世界中のどこかで災害があった時に、どこにでも、すぐに助けに駆けつける組織になればよいと思うんだよ。もしそうなれば、そんな素晴らしい国際的な救助隊を持つ国を暴力で襲う国はなくなると思うんだよ。きっとそれは、核兵器なんかを持つよりも、相手に戦争を行わせない効果がよっぽど大きいと思うんだ」

「そうじゃのう。自衛隊は、じぇったいにそうなるべきじゃのう。ブゥ・ヘ・ヘ・ヘ」

「あ、はい。で、日本国憲法は、その平和について書かれているだけではなくて、他にもすごいところがあるんだよ」

学はそう言うと、持ってきた一枚のパネルを小森に渡してみんなに見せた。

そこには、次のように書かれていた。

「日本国憲法の三つの原則」
・平和主義
・基本的人権の尊重
・国民主権

日本国憲法の三つの原則

平和主義

基本的人権の尊重

国民主権

「これが、日本国憲法の三大原則と言われているもので、日本国憲法は、この三つの考え方をもとに百三個の細かい決まり事が作られているんだよ。数え方は『条』だから、百三条まであるんだよ」

学は、このパネルを指さしながら話を続けた。

「この最初の『平和主義』というのは、今話した『戦争は二度としない』『軍隊や武器を持たない』と決めたことだよ。これは第九条に書いてあるんだよ」

「九条だけに、苦情があるやつじゃな！　ブゥ・へ・へ・へ」

「実はこれについては、やはり軍隊を持った方がいいという人達や、自衛隊を憲法でちゃんと認めた方がいいという人達がいるんだよね。これは、国民みんなで真剣に話し合わなければならないことだと思うんだよ」

学は力を込めて言った。

「そうじゃなぁ、わしは理想に向かって頑張り抜き、ゅ、う、じ、ょ、う！　ってな。九条だけに。

ブゥ・へ・へ・へ」

「そ、それで、次の『基本的人権の尊重』というのは、『人間としての自由や平等などの基本的な権利』を保障して、みんなが幸せに生きられるように決めたことなんだ」

「人権は守られなきゃいけん！　ってな。ブゥ・へ・へ・へ」

「……昔は、『国のやることに文句を言う』と警察に捕まったり、『差別』があってつらい思いをしたり、『お金がなくて生きるのに苦労するような人』が大勢いたんだけど、そういうことにならないような決まりを作ったんだよ。第十条から第四十条までがだいたいそれについて決めたことなんだけど、そこには、『国の責任』だけじゃなく、『私達がやらなければならないこと』も書いてあるんだよ」

「与えられるだけじゃなく、努力もせい！　ってことじゃな。人生はそう甘くはないから、精進せい！　ってな。ブゥ・へ・へ・へ」

「そ、それで、最後の『国民主権』というのは、日本をどういう国にするかは、『国民が決められる』ようにしたんだよ」

「国民がみ・ん・なで決める！　ってな。ブゥ・へ・へ・へ」

「昔は、殿様や王様なんかの権力者が決めたことを、国民はどんなにつらくても従わなければならなかったんだけど、それを『国民自身が決められる』ようにしたんだよ」

「じゃが、みんなが違うことを言ったら、誰の意見を聞けばよいのかわからんじゃろう？」

「だから、自分達の『意見の代表者』を決めて、どの代表者の意見の国にするかを、『国民みんなで多数決』をして決めるんだよ。第四十一条から第九十五条までが、だいたいその仕組みについて決めたことなんだ。ちなみにその多数決が『選挙』なんだよ」

「選挙といえば、最近は、その選挙に行かないで棄権する人が増えているらしいのう。行きません、今日は選挙に！　ってな。ブゥ・へ・へ・へ」

「そうなんだよ。選挙に行かない人が増えると、ある一定の考えを持っている人達が団結して選挙に行けば、それが自分の考えと違っても、多数決で『日本が進む方向』になってしまうんだよ」

「そうじゃな。選挙の棄権は危険じゃな！　ブゥ・へ・へ・へ」

「だから、選挙にはどんなことがあっても絶対に行くべきなんだよ！　ぼくらにはまだ選挙権がないけど、大人になったら棄権なんてしないで、必ず選挙に行こうね」

「それを忘れんでほしいのう。大人になると、子どもにはえらそうなことを言うくせに、自分はだめな行動をする者が多いからのう。あっ、それはわしじゃな、ブゥ・へ・へ・へ」

「あ、あと最後に大事なことがあるんだ。それは、この日本国憲法を守らなければいけないのは誰か、ということなんだ」

「それはもちろん、国民じゃろ？」

「実はそれは政治家やお役人などの『国を動かす人達』なんだよ。そのことは、第九十九条に書いてあるんだ」

「なるほど、そうじゃな、国民から選ばれた人達でも、国民が苦しむようなことをするかもしれんからのう。その暴走を防ぐためにも、日本国憲法はあるんじゃな！　でも、憲法の中身を変えてしまえば、その人達が好きなようにできるんじゃないのかのう」

「そうなんだよ。だから、この憲法を簡単（かんたん）には変えられないようにする決まりがあるんだよ。それを書いてあるのが第九十六条なんだよ」

「第九十六条だけに、変えるのにクロウするってな！　ブゥ・ヘ・ヘ・ヘ。でも、時代が変われば状況（じょうきょう）も変わるのじゃから、憲法を変える必要も出てくるのではないかのう?」

「そうだよね。『理想ばっかり言わずに現実に合わせるべきだ』という人もいるしね。でもぼくは、『憲法を現実に合わせる』のではなくて、『現実を理想に近付ける努力』が必要だと思うんだ。もちろん変えなければならない点は変えるべきだと思うけどね。その時は、やっぱり国民みんなで真剣に話し合って変えればいいと思うんだ」

ここまで話すと、学はふ〜っと大きく息を吐（は）いた。

「これで、ぼくの話は終わりです。日本国憲法について、ぼくの考え方をギュッとまとめた感じで説明したのですが、もっとちゃんと知りたい人は、一度ぜひ読んでみてください。少し難しい言葉で書かれていますが、とても面白いですよ。それでは、今日はありがとうございました」

そう言うと、学はペコリとお辞儀をした。

すると中平がす〜っと立ち上がって拍手を始めた。目からは滝のような涙がこぼれていた。

「え、ええっ〜、どうしたんですか？」

学がビックリして中平に尋ねた。

「今日はいい話を聞くことができて本当にうれしいんじゃ。君のようなこんな素晴らしい子ども達がいるのなら、日本の将来は安泰じゃな。わしは、戦争に行った父親から、戦争の悲惨さと日本国憲法の素晴らしさを毎日のように聞かされておったんじゃ。そして、一つ約束させられたことがあるんじゃよ。それは、『この日本国憲法の素晴らしさを代々伝えて、ずっと大切に守ってくれ！』と言われたんじゃ。その時にもらったのが、さっき平尾君が持っていた古い本なんじゃ。たぶん、わしの父親も天国で涙を流して喜んでいるじゃろう。これでわしはいつ死んでもよさそうじゃな」

そう言って、中平はしばらく静かに天上を見上げていた。それを見て、プップ先生も感動して胸が熱くなった。

だが急に、中平の顔がニヤケた顔に変わった。

「まぁ、そうはいってもこの世に未練があるからまだ死なんけどな。死んだら、アレを見られないからのう。見れんのは未練じゃ！　な～んてな。ブゥ・へ・へ・へ」

中平の涙は鼻水に変わっていて、鼻水を吹き飛ばしながら笑った。


プップ先生は、中平の鼻水が飛び散るのを見て、我に返った。

「あっ、はい、平尾君、とってもわかりやすい説明を本当にどうもありがとう。まだ少し時間があるから、質問の時間にしましょう。誰か質問のある人はいますか？」

プップ先生は、そう言ってクラスを見回した。

しばらくすると中平がすっと手をあげた。

「……はい。おじい様、質問は何ですか？」

他に誰もいなかったので、プップ先生は中平に尋ねた。

「この便所ぅ会の最初に先生は、『日本国憲法が自分の名前に関係がある』と言っていたと思うんじゃが、どういうことか教えてくれんかのう」

「あぁ、それですか。そうなんですよ。私の名前は曾祖父、つまりひいおじいさんがつけてくれたんですが、日本国憲法に少し関係があるんです」

　プップ先生は、少し恥ずかしそうに、名前の由来の話を始めた。

「先生のひいおじいさんは若い頃、新聞記者をしていました。日本国憲法が公布された日、ある公園で取材をしていたら、たまたまそこにいた男の人の肩に平和の象徴とされる白い鳩が三羽ものっているのを目撃したそうです。ひいおじいさんはこんな奇跡みたいな光景はないと思って、その写真を撮ったんです。それが次の日の新聞に採用されたんですよ。その新聞記事が好評で、大きく写真も載って出世もできたそうなんです。それでひいおじいさんは、女の子が生まれたら『鳩』という名前をつけて、『しろいはと』にすると決めていたそうなんですよ。でも、白井家にはなかなか女の子が生まれず、やっと生まれた女の子が、ひ孫の私なんです。もちろん私が生まれた時には、ひいおじいさんは亡くなっていましたが、その意志を継いで、私の名前が『鳩』になったんです。でも私はその写真を見たことがないんですけどね」

プップ先生は少し残念そうに言った。

「わしは、その鳩の写真が載っている新聞を持っとるよ！」

中平がさらっと言った。

「えぇっ？」

プップ先生はビックリして中平を見た。

「その写真の白い鳩を肩にのせていた男ちゅうのは、さっき話した、わしの父親じゃよ」

「えぇ〜〜〜っ！」

プップ先生の悲鳴が教室中に響(ひび)いて便所ぅ会は終わった。

6 におう転校生

便所ぅ会があった次の日の朝、小平のクラスはみんな興奮していた。

ポップ先生が、アメリカ人の男の子を教室に連れてきたからだ。

「今日から、みなさんに新しいお友達が増えることになりました」

ポップ先生は、そう言って、その男の子に自己紹介をさせた。

「みなさん、グッドモーニング！　おはようさんですぅ！　わての名ぁは、ピース・ヘップスいいますぅ。ピースと呼んでなぁ。おとんが日本で働くことになったんで、アメリカから来ましたんや。わての家族は昔から日本がめっちゃ好きでなぁ、そやからごっつう喜んでおりますねん。仲ようしたってな」

ピースは笑顔でチョコンと頭をさげた。

「今、聞いたようにピース君は日本語がすごく上手なの。みんなどんどん話しかけて、仲

ピース

よくしてあげてね。で、席は……そうだ、ピース君にいろいろと教えてあげる案内役の人の横にしましょう。誰か立候補する人はいませんか？」

　プップ先生はそう言ってクラスを見回した。

「先生！　ぼくにやらせてください！」

　小平が勢いよく手を上げて言った。

「ピースっていう英語は『平和』という意味でしょ。だから『へ～わ部』のぼくに任せてください」

「そ、そうね。ありがとう。それじゃあ席は音無君の隣にしましょう。いろいろ教えてあげてね」

　プップ先生は、そう言って、小平の横にいた生徒を移動させて、ピースの席にした。

「ヘイ、ピース！　わたしの～なまえは～、お・と・な・し、しょう～へいで～す！　よ・ろ・し・く・ね！」

　横に座ったピースに、小平は英語っぽくしゃべった。

「それ、全部、日本語だから」

　後ろの香が冷たく言った。

「オ〜！　小平！　ナイス・トゥー・ミーチュー！　会えてうれしいでぇ！　よろしゅーたのんますな！」

ピースは笑顔で小平に手を差し出した。

「ま・か・せ・な・さ・い！」

小平も笑顔で握手（あくしゅ）した。


休み時間になると、小平はピースに質問攻（ぜ）めをした。

「お父さんは何をしている人なの？」

「おとんは商社マンや。世界中を飛び回ってるんやで。わても大きくなったら、おとんのようになりたいんや」

「へぇ〜、かっこいいね！　ピースは運動神経が良さそうだから、野球とかバスケットボールとかうまいんでしょ？」

「よくそう言われるんやけど、わては運動苦手なんや。どっちかゆうたら、インドア派（は）のオタクや」

「日本のどこが好きなの？」

「そんなん、アニメやゲームに決まっとるがな。日本のは最高やん！　それに、寿司やすき焼きは、めっちゃおいしいし、日本人はみんな優しゅうて親切やし、全部好きゃで！」

「どうして、そんなに日本語がうまいの？」

「アメリカのわての家の隣に日本人のお兄ちゃんが住んでるねん。そのお兄ちゃんに教えてもろうたんや」

「あぁ、そのお兄さんが関西の人だったんだね」

「なんでや？」

「だって、ピースのしゃべり方は関西弁っぽいよ」

「なんやそれ？」

「日本の関西に住む人のしゃべり方だよ」

「嘘やろ!?　かなわんな〜、わてのしゃべりは標準ちゃうの？」

「まぁね。でも、人気のあるしゃべり方だからいいんじゃない」

「まぁええわ。それより、さっき小平が話していた『へ〜わ部』って、なんやの？」

「あぁ、あれはぼく達が作った部だよ。『笑顔あふれる平和な世界を作る』活動をしているんだよ」

「それええな！　わても入れてぇな」

「もちろんいいよ！　今度、みんなが集まる時に呼ぶから、来てよ！」

「よっしゃ！　おおきになぁ。でぇ、それいつあるねん？」

「なんなら今日みんなを集めてもいいけど、今日の放課後、ぼくの家に来られる？」

「すまんなぁ。今日はおかんに早く家に帰ってくるように言われてんねん」

「そっかぁ。じゃあ、明日にしよう！　みんなを集めておくから、明日の放課後、ぼくの家に来てよ！」

「ありがとうなぁ、めっちゃ楽しみやわ～」

その日、小平はピースにいろいろなことを教えてあげて、二人はすっかり仲よくなった。


次の日の朝、ピースは下を向いて静かに教室に入ってきた。

「ピース、おはよう！　どうしたの？　元気がないじゃん」

小平は心配して、ピースに尋ねた。

「わて、日本なんて大嫌いや！」

ピースは今にも泣きそうに言った。

「えぇっ!? どうしたの？」

「今朝、学校に来る途中でなぁ、ここの生徒らに、悲しくなるようなひどいことを言われたんや」

「誰に何て言われたの？」

「言いたくないわ。思い出したくもないで。日本は差別のない国やと聞いていたのに、ほんまガッカリやで。アンビリーバボー、信じられへんわ！」

ピースの目からは涙がこぼれていた。

「ぼくの大切な親友を、こんなに悲しませるなんて絶対に許せない！ くせぇ会議で話し合おう！」

「なんやそれ？」

「いいから、ぼく達に任せて！ もう誰にも君を泣かせるようなことはさせないからね！」

小平はピースを抱きしめて言った。

放課後、『へ～わ部』のメンバーが小平の部屋に集合していた。

「で、お母ちゃんがなんでここにいるの？」

小平が母親の静に言った。

「だ、だって、小平に外国人のお友達ができたっていうから。しかもイケメンね。私、海外ドラマとか大好きなの」

静が少女のような声で、恥ずかしそうにピースを見て言った。

「いやいや、小平君のお母はん、イケメンだなんて褒めてくれて、うれしいわぁ。お母はんこそ、きれいやないですかぁ〜」

「まぁなんて正直な子なの！　ますます好きになっちゃうわ〜」

「もう、いいから！　邪魔なんで早く出て行ってよ！」

小平があきれて静に言った。

「まぁまぁ、そんなかわいそうなことは言うなよ。静さんを参加させてあげてもいいじゃろ。ピース君のことが、かわいいそうじゃからな」

中平はそう言って、「ブゥ・へ・へ・へ」と笑った。

「太君、この人達に付き合っていると話が進まないから、早くせぇ会議を始めよう」

小平はため息をついて部長の太に言った。

「そ、そうだね。それでは、作戦会議を始めます。今日の議題は『差別発言やイジメをなくす方法を考える』です。小平君、それでいいんだよね」

太は小平に尋ねた。

「うん。今朝の登校時、ピース君にひどい差別的な発言をした人達がいたんだって。ピース君は泣いていたんだよ。だから、そういう差別発言やイジメをなくす方法をみんなで考えて、ピース君を二度と泣かせない学校にしたいんだ」

小平はそう言ってピースを見た。ピースは無言でうなずいて、みんなに頭をさげた。

「まぁっ！　私のピース君を泣かせるなんて、絶対に許せないわ！　日本の恥よ！　あんた達、なんとかしなさいよ！」

「お母ちゃんは少し黙っててよ。それに、ピース君はお母ちゃんのじゃないから」

「静さんは、静かにしてなさいってか！　ブゥ・へ・へ・へ」

「音無家のみなさんは、少し口を閉じてくれませんか」

香が冷たく言った。

「音無家は、おとなしくってか！　ブゥ……」

小平は香の冷たい視線にあわてて中平の口をふさいだ。

「差別がいけないことは、日本国憲法の第十四条に書かれているし、ＳＤＧｓでも差別をなくすことが目指す目標の一つになっているんだよ。それに、外国の人に差別的な発言をするなんて、本当に日本人として恥ずかしいことだよ。こんなんじゃ日本は、憲法に書いてあったような、『世界中の人達から尊敬されるような国』にはなれないよ」

学は悔しそうに言った。

「でも、どうしたら、そうした差別発言やイジメをなくすことができるのかしら？」

香がそう言うと、しばらく沈黙が続いた。

「やっぱり、そういうひどいことをする人に罰を与えてこらしめるしかないんじゃないかな」

太が言った。

「それを見ても何もしない人にも罰を与えないとだめだと思うわ。どんな罰がいいのかしら？」

「そんなクソ野郎達には、トイレ掃除の罰を与えたらどうじゃ？　クソだけに」

中平はそう言って、「ブゥ・ヘ・ヘ・ヘ」と笑った。

「でも、トイレ掃除なんかじゃ軽すぎるんじゃないのかしら？　もっと、二度としなくなるような重い罰が必要だと思うわ」

香がそう言うと、また、しばらく沈黙が続いた。

「全校集会の時、校長先生がみんなの前に呼び出して注意してもらうってのはどうだろう?」

小平が自信なさそうにそっと提案した。

「さすがじゃ! お前はしかられるのが得意じゃから、何が一番効き目があるかがわかるんじゃのう」

「そ、そう? そんなにぼくはすごいかなぁ?」

小平は照れながら中平に言った。

「褒めてないから」

香が冷たく言った。

「ぼくもその罰がいいと思う。全校生徒の前で校長先生に注意されるなんて、そんなビッグニュースは学校の外にもすぐに評判になっちゃうだろうから、みんなやらなくなると思うよ」

太がそう言うと、みんなうなずいた。

「でも、どうしたらそんな決まりを作れるのかなぁ?」

小平は自分の案がみんなに採用され、ちょっとうれしそうに言った。

「その決まりを、うちの学校の校則にする署名活動をやればいいんだよ」

学が自信ありげに言った。

「署名活動？　何それ？」

みんなが学を見た。

「『その決まりを校則にすることに賛成してくれる人』を集めて、名前をあらかじめ準備した用紙に書いてもらうんだよ。大勢の生徒が名前を書いてくれれば、きっと校長先生も認めてくれるよ」

「いいね、それ！　さっそく明日の朝、みんなで校門の前でやろうよ！」

小平が目を輝かせて言った。

「特別なコーモンのわしも、その署名活動を校門でやるもん！」

中平はそう言って、「ブゥ・へ・へ・へ」と笑った。

「でも、許可をもらわないと、勝手にやれないと思うんだよね」

学が少し心配そうに言った。

「それならぼくが、顧問の小森さんに許可をもらうようにお願いしておくよ。いろいろ準備もしなければならないから、それが全部整ってから署名活動をやろう」

太がそう言ってくせぇ会議が終わった。


「おおきになぁ！　わてのことで、こんなにみんな考えてくれて、ごっつうれしいわぁ。今度はうれし涙が出そうやでぇ。やっぱり、わてのひいじいちゃんが言っていた通りやったわぁ。日本はほんまにええ人の国なんやなぁ」

ピースがうれしそうに、みんなにお礼を言った。

「ひいじいちゃん!?」

中平が急に大きな声を出した。

「せやで。わての家族がみんな日本を好きなのは、日本と戦争で戦ったことのあるグレートグランドファーザー、ひいじいちゃんのビッグ・ヘップスが日本の大ファンだったからなんやで」

「その話、もっと詳(くわ)しく聞かせてくれんかのう」

中平は身を乗り出してピースに言った。

「ど、どうしたの？」

小平は中平に尋ねた。

「におうんじゃよ」

「ええっ？　失礼なことを言わないでよ！　ピース君も誰も屁をしてないよ！　くさくなんてないよ！」

「そうじゃないわい！　お前は『ひいじいちゃん』と聞いて、何も感じないのか？」

「どういうこと？」

「ピース君のひいじいちゃんと言えば、太平ひいじいと同じくらいの時代の人じゃろ。それにピース君のその優しい笑顔を見ても、何も感じないのか？」

「あ、あっ!?　そうか！　ひょっとすると……」

「そうじゃ！　ひょっとするとじゃ！」

「二人とも、どうしたんや？」

ピースは、中平と小平に尋ねた。

「ひょっとすると、君のひいじいちゃんのビッグ・ヘップスさんと、ぼくの太平ひいじいちゃんが、その戦争の時に会っていたかもしれないんだよ！」

小平はピースに興奮しながら言った。

「へっ？　どういうことやねん？」

「いいから、そのビッグ・ヘップスさんの話を詳しく聞かせてよ！」

「なんやようわからんけど、ひいじいちゃんの話を聞かせてやるわぁ」

そう言って、ピースは、ヘップス家に代々伝わるビッグ・ヘップスの話を始めた。

「ビッグひいじいは兵隊となって南の島に行ったそうなんや」

「やっぱり、太平ひいじいと同じ南の島だ！」

小平は目を輝かせた。

「ビッグひいじいは、十数人の小部隊で森の中をパトロールしていたそうなんだけど、途中でお腹（なか）が痛（いと）うなって、ウンコがもれそうになったんや」

「それでどうしたの？」

「で、ビッグひいじいは、『ウンコしてくる！』と仲間に伝えて、一人で茂（しげ）みの中に入ったそうなんやわ」

「それで？」

「ほんで、ウンコをするいい場所を探（さが）していると、茂みの中からプ〜ッという音が聞こえたらしいんや」

「あっ！　それ、たぶん太平ひいじいが屁をした音だ！」

「ええから、聞いてや！」

ピースは小平を少し黙らせた。

「で、ビッグひいじいは、とりあえず銃を構えて、その音のした方向を見ると、木の陰に隠れていた日本兵と目が合ってしまったそうなんや」

「太平ひいじいだ！」

小平は確信した。

「その日本兵は、ビッグひいじいのことをにらみつけ、銃を構えたんやそうや」

「太平ひいじいが、『撃たないでくれ！』と祈りながら震えて銃を構えた時だ」

「ほんで、殺されると思ったビッグひいじいは、その恐ろしさとウンコがもれそうな苦しさで、涙が出てきたらしんやわ」

「そりゃ、泣いちゃうよね……。あっ！　謎だった涙の理由はそれだったのか！」

小平は中平を見た。

中平も小平を見てうなずいた。

「ほんで、しばらくその状態が続いたそうなんやけど、とうとうウンコを我慢できずに、ビッグひいじいはブリッ！　という音とともにウンコをもらしてしまったらしいんや」

「最大級の『幸運コの屁』だ！」

「何やそれ？　まぁええわ。そんでな、その日本兵は笑ったんだそうやわ。そんで、ビッグひいじいも笑ったんや」

「そうそう、二人はお互いに声を出さずに笑い合ったんだよね」

「そしてな、自分を撃たないでくれたその日本兵に感謝し、友達になりたいと思ったんや」

「へぇ〜、そうだったんだ。太平ひいじいも友達になりたいと思ったんだよ。その時に友情が芽生えたんだね！」

　小平は感動して言った。

「そうなんやな。だから、仲間の一人が心配して茂みに入ってきて、『大丈夫か？』と尋ねられた時、『大丈夫だ。でも、パンツにウンコがもれたので、とてもくさいけどな』と言って、『お〜、それは大変だ！』と笑いながら、仲間の所へ戻ったらしいんやわ」

　ピースがそう言うと、突然、中平がピースの手を握った。

「ありがとう！　君のそのビッグひいじい様のおかげで、わしの父親、太平ひいじいは、生きて戦争から帰ることができたんじゃ。本当にどうもありがとう」

中平の顔は涙と鼻水でぐちゃぐちゃだった。

「いやいや、お礼を言うのは、わてらの方ですわ。ビッグひいじいは『私が今、ここで生きているのは、私を撃たないでくれたあの日本兵のおかげだ。今でもあの優しい笑顔を忘れられない』と言うてたそうですわ」

ピースはそう言って、中平の手を握り返した。

「ビッグひいじいは、こうも言うてたんですわ。『日本は勇気をもって平和憲法を作った、平和を愛する素晴らしい人達のいる国だ。いつかは日本に行きたい。そして、あの日本兵にも会ってお礼を言いたい』と。そやから、わての家族はみんな日本の大ファンなんですわ！」

「うれしいのう！　やっぱり、『屁は笑いを作り、笑いは平和を作る』なんじゃなぁ！」

中平はそう言って、小平の部屋に飾(かざ)ってある掛(か)け軸(じく)を見ながら、「ブッワッ！」と大きなオナラを一発こいた！

そこにいたみんなは、急いで窓(まど)を開けて、小平の部屋から逃(に)げ出した。

中平のオナラは殺人的なくささなのだ！

さよオナラ

署名活動をする日の朝、小平はいつもよりかなり早く起きた。

朝食を食べに行くと、もう家族全員が集まっていた。

「おふぁ～よ～うございます」

小平はあくびをしながら挨拶した。

「ど、どうしたんだ？　こんなに朝早くお前が起きてくるなんて！　熱でもあるのか？」

父親の凡平が小平を見て驚いて言った。

「熱があるんなら、逆に寝ていなきゃいけないでしょうが！　今日は朝早く学校に行って、大事なことをしなくっちゃいけないんだよ」

「大事なことって何だ？　愛の告白か？」

「そんなわけないでしょ！　差別発言やイジメをなくす校則を作る署名活動をするんだ

よ！」

「ほぅ、それは頑張らないといけないな。でも、恋愛活動も頑張れよ！　父さんはな、自慢じゃないが、小学生の時に五人に告白したんだぞ！　六人にフラれたけどな……」

「数が合わないじゃない？」

「一人に告白したら、隣にいた関係のないその子の友達からも、『私もいや！』と言われたんだよ」

凡平はそう言って、「ブゥ・ヒ・ヒ・ヒ」と笑った。

「ほんと、音無家の男どもは、モテないのばっかり……」

静はため息をついた。

「まぁ、わしらはみんな屁がくさいんじゃから、女にモテんでも、平気さ！　な〜んてな」

中平はそう言って、「ブゥ・へ・へ・へ」と笑った。静は、よりいっそう大きなため息をついた。

「そ、それより、静さんの作ったこのおナラ漬けは最高においしいのう！」

中平は話題を変えた。

「『おナラ漬け』ではありません！『奈良漬け』です！　……でも、そうでしょ、おいしいでしょ！　奈良漬けは私の得意料理なんですよ」

　静は笑顔になった。

（奈良漬けって料理と言うのかな？）

　小平はそう思ったが、静の顔が鬼にならないように黙っていた。

「わしは、いつもおいしい料理を作ってくれる静さんに、とても感謝しているんじゃよ。本当にありがとうのう」

「まぁ、どうしたんですか？　今日はやけにほめてくれるんですね。何かいいことでもあったんですか？」

　静は中平に尋ねた。

「そうなんじゃ、とてもよい夢を見たんじゃよ。父親の大平が久しぶりに夢に出てきてな、優しい笑顔で黙ってわしのことを抱きしめてくれたんじゃよ」

「へぇ～、それはうれしい夢ですねぇ」

「そうなんじゃ、とても穏やかな気持ちになれたんじゃよ。そういえば、最近、わしは何でも許せるようになってな、わしの血を吸う蚊さえもいとおしく思えて、好きなだけ血を吸わせてあげるようになったんじゃ。ひょっとするとわしは、仏様に近付いているのかもしれんなぁ」

中平はそっと天を見上げた。

「お母ちゃんも、おじいちゃんを少しは見習ったら。最近、怒ってばっかりだよ」

小平がそう言うと、静の顔はみるみる鬼の表情に変わっていった。

「あっ、ぼ、ぼく、遅れるといけないから、もう学校に行くね。ご馳走様～」

小平はあわてて自分の部屋に戻った。

「わしも行くから、一緒に出よう」

中平もそう言って、学校に行く準備をした。

小平と中平は、一緒に二人で家を出た。

しかし、中平は足が不自由で杖をついて歩くので、小平にどんどん遅れていった。

「そんなに急ぐことなかろう。何事もゆっくりやればいいんじゃよ。急ぐとろくなことがないぞ！『急いては事を仕損じる』じゃ」

中平は、はぁはぁ息を切らしていたので、いつものダジャレを考える余裕がなく、ただ諺を言っただけだった。

「今日は、絶対に遅刻（ちこく）できないから、先に行くよ！　じいちゃんは、あとからゆっくり来てね」

小平はそう言うと、中平を見捨（みす）てて一人で学校に急いだ。

小平が学校に着くと、校門の近くで署名活動の準備が始まっていた。

小平も準備に加わり、「差別発言やイジメをなくす校則を作る署名をお願いします！」と書かれた大きなボードを設置して、まだ名前の書かれていない用紙を何十枚（なんじゅうまい）も手に持った。

しばらくするとチラホラと生徒が登校してきた。

「おはようございます！　署名のご協力をお願いします！」

『へ〜わ部』のメンバーは声を張り上げた。

すると、興味を持った生徒が何人か集まったので詳（くわ）しい説明をして、次々と名前を書いてもらった。

署名が大分集まったころ、ピースが小平の横に来た。

「あいつらやで！」

小平がピースの指さす方向を見ると、コソコソと逃げるように校門を通り抜ける生徒が何人かいた。

「もう大丈夫だと思うよ！」

小平はピースを見て、ピースサインをした。

その時、サイレンを鳴らしながら、救急車が校門の前を走って行った。

「ピースにピースサインってか！　ブゥ・へ・へ・へ」

小平は何故か中平じいちゃんの声が聞こえたような気がした。

「そういえば、おじいちゃん、遅いなぁ。もうすぐ署名活動が終わっちゃうよ……」

小平は少し心配になった。

しばらくすると、プップ先生が小平のもとにあわてて走ってきた。

「音無君、小森さんと早く病院に行って！」

プップ先生の顔は真っ青だった。

「おじい様が道で倒れていたんですって。今、救急車で病院に運ばれたそうよ！」

「ウソでしょ！　ついさっきまでぼくと一緒にいたんだよ！」

小平は気が動転して、何が何だかわからなかった。

「ぼくの父さんの時と同じだ！　小平君、早く行きなよ！」

太が小平に強く言った。

「うん！　わかった！」

そう言うと、小平は小森と一緒に病院に向かって走り出した。


「おじいちゃん、死なないで！」

（なんでぼくは、おじいちゃんを待って、一緒にゆっくり学校に行ってあげなかったんだろう。もっと優しくしてあげればよかった。もっとダジャレを笑ってあげればよかった。もっと話を聞きたかった。もっと、もっと、もっと、もっと……）

小平は泣きながら全速力で走った。


小平は涙と鼻水でグシャグシャの顔で病院に着いた。小森が受付で場所を聞き、急いで病室に行った。

病室のドアを開けると……看護師さん達に囲まれて、うれしそうに笑っている中平がい

た。

「えぇっ!?」

小平が思わず声を上げると、それに気付いた中平が小平にピースサインをした。

「いや～、病院という所は最高じゃなぁ！　こんなに優しい女性に囲まれて、とても楽しい所じゃのう！　わしはもう家に帰りたくないわい」

中平は思いっきり鼻の下を伸ばして、小平に言った。

「何言っているんだよ！　心配したんだよ！」

小平は思わず中平に抱きついた。

「でも、本当によかった～、生きていてくれて！」

小平の涙は止まらなかった。

「何を言っているんじゃ？　わしは『この世に未練があるからまだ死なん！』と言ったじゃろうが」

中平は小平の頭を撫でた。

「道で倒れていたって聞いたから、死んじゃったんだと思ったんだよ。どうして倒れていたの？」

「実はのう……道にウンコが落ちていたから、ハシに寄せようと思って杖でツンツンとつついたんじゃ」

「何だよ、それ」

「そしたら、そのウンコが思っていたより柔らかくてのう、杖ごと滑って転んだんじゃよ！ その時に骨を折ってしまってのう、起き上がれなかったんじゃ」

「何やっているんだよ！」

「おかげでわしはウンコがついてしまってのう……まあ、運がついてワンダフルじゃ！ ってな。犬のウンコだったからな」

中平はそう言って、「ブゥ・へ・へ・へ」と笑った。小平はあきれて、涙が止まった。

「そう言えば、『この世の未練』って何なの？」

小平は鼻をかみながら、中平に尋ねた。

「それは『世界中の子ども達がみんな笑っている世界』を見ることじゃよ。子ども達の笑顔は、平和の象徴だからのう。しょうでちょう？ な〜んてな」

中平はそう言って、ブッワッ！ と大きなオナラを一発こいた！

そこにいたみんなは急いでドアを開けて、病室から逃げ出した。

一人残った中平は「やっぱり屁は平和じゃ！　ブゥ・ヘ・ヘ・ヘ」と笑った。

今回のお話は、これでおしまい！

さよオナラ〜〜

あとがき

みなさん、こんにちは。

この物語を書いた平和（屁話（へ～わ））作家のＧＧ（じぃじぃ）おかだです。

「オナラ」と「ウンコ」に「ダジャレ」だらけの内容でごめんなさいネ。下ネタが大好きなダジャレじじいなんで許してください。


この本は、みなさんに、世界を平和にしてもらいたくて書きました。

雲地太君が言っていたように、今、世界では、戦争や災害でひどい目にあっている人や、イジメや差別を受けたり、お金がなくて生活に困っている人が大勢います。そして、地球の温暖化（おんだんか）も止まりません。

そんな「地球と人類の危機（きき）」を救って、「笑顔あふれる平和な世界」を作れるのは、みなさんしかいません。

今の大人では駄目（だめ）です。「世界平和なんて、そんなの無理に決まっている！」と諦（あきら）めてしまっています。地球の温暖化も、そしてそれが止まらないのも、全部、今の大人が悪いのです。「自分のことしか考えない」「えらい人に気を遣って、やるべきことをやらない」「平気で嘘をつく」「悪い事をしても謝らない」「選挙に行かない」などという大人ばかりです。まぁ、面倒なことは嫌いで、楽することしか考えていない、いい加減なグ～タラじじいの私が言える立場ではないのですけどネ。


もし、みなさんが、「へ～わ部」の活動を広めてくれたら、少しずつ世界が平和になっていきます。「へ～わ部」のブ～員が増えれば増えるほど、「世界平和」は近づきます。

そこで、まずはあなたが「へ～わ部」のブ～員になってください。そして、周りにいる人や知り合いに「『へ～わ部』のブ～員になってよ！」と、声をかけてみてください。

すると、「なにそれ？」と言われると思いますから、この「へ～わ部」の本のことを教えてあげてください。「それ、面白いの？」と聞かれたら、「オナラとウンコ、ダジャレだらけの本だよ」と言ってください。するときっと、「なんだそれ！」とあきれて馬鹿にされると思いますから、「まぁ、読んでみてよ！」と言って、「へ～わ部」の本をどんどん貸してあげてください。

この活動を地道に続ければ、どんどん「へ〜わ部」のブ〜員が増えていきます。それが日本中に広がれば、日本が変わります。日本が変われば、世界が変わり、平和に向けて動き出します。

そして、みなさんが大人になった時、「笑顔あふれる平和な世界」ができあがるのです。みなさんが、世界を平和にしてくれる日を楽しみにしていますので、どうかよろしくお願いしますヨ。


ちなみに、この本は、「ＳＤＧｓ」について、少ししか書きませんでしたが、「ＳＤＧｓ」も「日本国憲法（けんぽう）」と同じように、世界の平和に絶対欠かせないものです。なので次は、「ＳＤＧｓの便所ぅ会」を書かなければならないと思っています。

それを読んでみたいという人は、出版社に、『『へ〜わ部』の続編（ぞくへん）（続屁（ぞくへ）〜）を出版してください！」と、要望してください。その要望がたくさん届（とど）けば、きっと続編（続屁〜）を出版してくれると思いますので、ぜひともよろしくお願いしますネ。

最後に、この本を無事に出版できたのは、文芸社さんをはじめ多くの人のご協力があったおかげです。

中でも、ベストセラー『こども六法』（弘文堂）の著者であり、教育研究者、ミュージカル俳優、写真家など幅広くご活躍されている山崎聡一郎さんは、お忙しい中、原稿を見て、貴重なご指摘やご意見をくださいました。ここに御礼申し上げます。

また、魅力的なイラストを描いていただいた青木宣人さんにも感謝！　感謝！　です。

みなさま、本当にどうもありがとうございました。

二〇二四年三月

ＧＧおかだ

著者プロフィール

GGおかだ（じぃじぃおかだ）

1958年、新潟県に生まれる。

宇都宮大学工学部精密工学科卒業。

おもちゃ会社（現：㈱タカラトミー）で数多くの玩具を企画・開発する。

良い玩具を作るには、子どもをもっと知る事が必要と考え、独学で保育士資格を取得する。

保育園運営会社（現：ライクキッズ㈱）で、多くの認可保育園などの設立・運営に携わる。

スクールソーシャルワークワーカーの存在を知り、その理念に感動し勉強する。

千葉大学教育学部附属小学校のスクールソーシャルワーカーになり、児童や保護者、教師の相談相手となる。

脳出血で倒れて、左半身マヒの障害を持つ。

障害者雇用の特例子会社 ㈱ぐるなびサポートアソシエで働く。

現在は「平和（屁話）作家」となり、世界平和を夢見ている。

へ～わ部

2024年5月15日　初版第1刷発行

著　者　GGおかだ
発行者　瓜谷 綱延
発行所　株式会社文芸社
〒160-0022　東京都新宿区新宿1－10－1
電話 03-5369-3060（代表）
03-5369-2299（販売）

印刷所　株式会社フクイン

ISBN978-4-286-25313-8